愿一切安好 往事不回头

让睁眼看着玫瑰花的人也看看它的刺。

赵赵 作品

長江出版傳媒 | 长江文艺出版社

新出图证（鄂）字 03 号

图书在版编目（CIP）数据

愿一切安好，往事不回头 / 赵赵著. -- 武汉：长江文艺出版社，2016.5
ISBN 978-7-5354-8738-4

Ⅰ. ①愿… Ⅱ. ①赵… Ⅲ. ①短篇小说-小说集-中国-当代 Ⅳ. ① I247.7

中国版本图书馆 CIP 数据核字（2016）第073842号

责任编辑：吴　双　胡　家　　监　　制：欧　阳　书　雅
图片摄影：唐大年　　版式设计：玉　冰
装帧设计：仙　境　　责任印制：张　涛
责任校对：胡　家

出版：长江出版传媒｜长江文艺出版社
地址：武汉市雄楚大街 268 号　　邮编：430070
发行：长江文艺出版社
北京时代华语图书股份有限公司　（电话：010-83670231）
http：//www.cjlap.com
印刷：北京文昌阁彩色印刷有限责任公司

开本：787毫米 × 1092毫米　1/32　　印张：7.5
版次：2016 年5月第1版　　2016 年5月第1次印刷
字数：150千字

定价：36.00 元

我不过是时间，没有任何用处，只需按部就班向前走，我本该是最无情的。但那世上的有些人，却比我更无情呢。

喝酒有讲究，其一便是不可喝闷酒，
越喝越闷，越容易醉倒。

人生是场大PARTY，由无数小PARTY组成，我们不愿错过任何一场，真是神仙眷侣。

其实每一顿饭，就是一顿饭，做过了，吃完了，精神就不再了，世界上没有哪两顿饭是相同的，真的。但谁也不能因为怀念某一顿饭而饿死。

是不是我一直难过下去，她就会一直欢喜下去？
如果是，那么没有问题。

太晚了，憎恨才是真相，想要忏悔却太晚了。
错了就错了。

关于这本书，22 个故事里的人名是重叠的：甲乙在 A 故事里相爱，乙丙在 B 故事里重逢，甲丁在 C 故事里成为怨偶，丙丁过尽千帆后不如情同初恋地再来。想表达的是：生得越迟，在当下时代，越没有人一生只得一次恋爱。

不是世风日下，是这时代选择你我，而你我又成就这时代，谁不曾希望它能久一点？

尽心了，用力了，爱有时态，但回忆转换成各种机能，流淌在血液里，没经过你的我，怎么会是任时光匆匆流去，恋爱的方式在变，但它带来同样的灼热和冰冷。

爱只是爱，是亘古不变的主题。

那些擦身而过的路人啊，想到我们都曾有爱情照亮这漫长却惊鸿一瞥的人生，多么好。

目录

CONTENTS

爱

不爱

爱或是不爱

愿 一 切 安 好， 往 事 不 回 头

天使时间/爱情敌/小孩/姐妹/弟弟/手/名如其人/真情流露

天使时间

小米与斌斌的事情，我管定了。

我叫时间，是个天使。

有些事是注定的。我们天使，叫什么就得干什么。我的工作就是守着房里的大钟，那个钟对我们没什么用，但于地球人却不可少，如无它，世间将大乱。自有历史起，我未出过错，但心里并无骄傲，这样的工作，傻子都会做，我不过是个看更的。

我很羡慕隔壁的爱情。我管爱情叫“浑人”，他面相凶恶，胡子糟蓬蓬的，一双眼如铜铃，说话震天响，对谁都没好气，尤其是对他的死对头——婚姻。他们俩属于老死不相往来那种，谁看谁都别扭。婚姻苍白而寡言，走路悄无声息，跟她聊天会闷死，还好像有洁癖，哪儿都不愿意沾。我觉得她特像地球人中那种“老处女”。

但他们管的事情都很好玩，想把谁跟谁凑成一对都可以，这权力多么大。如果换我来做，一定会做得很有创意。但我没那种命啊。

闲来无事，我喜欢看爱情布的局，但婚姻的就免谈。我们房间的地板是一个屏幕，只要掌握了想看内容的经纬度，用追踪器就可以分分钟看到。这是天庭唯一的消遣，唤作“看戏”。真羡慕地球人，他们虽然浑浑噩噩，但于“玩儿”这件事上绝对是天才儿童。我也想打游戏唱K，但苦无同伴，准备抽空提提意见，闷死了。

爱情正在进行的戏里，我一眼便喜欢上了肖小米。她一张方脸，神采飞扬，说话生动活泼，是个白领。二十六七也不小了，鞍前马后有名叫建军的男友呵护，那是凡人眼中的优秀男青年：三十出头，有房有车，虽不大富却也小康并前途无量，长得一表人才带哪儿去也不丢脸，但小米却偏偏喜欢上了爱玩儿音乐的斌斌。

时代进步，爱情又如此不可理喻，他安排小米堕入万劫不复的情欲深渊，每次不见不见还是要见，见斌斌前，小米会摘掉中指的钻戒，而换上刚上班时自己买的银戒，潇洒的外表下深藏着罪恶感，一边背叛着建军，一边背叛着斌斌，只有谈到爱情时，她的脸无限迷惘而线条柔和。她与女友说：“与建军走了四年，谈婚论嫁也不是随便说着玩的。但偏在此时遇到斌斌，我什么都不再想要，只想跟他一起，喝西北风都行。可是又总怀疑，沉迷真的是所谓爱情吗？你知道那样的迷恋，几近不正常。我不想要今天有明天无的东西。”

常常，她躺在吊儿郎当的斌斌怀里，问：“是该要长久却平淡的感情呢？还是有激情没保障的爱情呢？”斌斌捏着烟眯着双眼不回答。他爱她，是这一刻的深爱，但他无法承诺未来，他从来吃饱上顿不管下顿。遇见过那么多女人，投怀送抱的“色糖果”，情窦初开的高中女生，只有小米留在身边最久。她矛盾的情绪，极端的快乐，极端的绝望，偶尔的歇斯底里，那么丰富美好的女人。但是否正因为这感情的非正常化，才会戏剧性地保持这么久呢？他也不明白。

我是看戏的时间。这出戏里，当小米与斌斌在一起的时候，我总会快乐又难过，羡慕做人可以生动如斯。他们真该是一对儿啊，聪明戏谑活泼。只是，因她与建军的婚期越来越近，小米惆怅的时间也越来越多，原本尽力轻松相对的他们，如同面临生离死别。我很着急，为什么小米不取所爱的而取波澜不惊的？

地球上有一个叫周星驰的人在戏里问过：“安全感？什么东西？”

那天，他们又重复千遍的对话。

“离开他。”

“不行。”

“为什么？”

“不公平。”

“对我公平吗？”

“可我答应他在先。”

“算了。”

这明明是天生的一对儿。我要帮他们，一定要帮他们。小米是糊涂的，也许，时间再长些，她能看清她真正想要的。

从那天起，我开始实施我的大方案。

我开始对房里的钟做手脚。每当小米与斌斌在一起，我会拨慢那只钟，拨得恰到好处，不易为人察觉，连小米有一次都疑惑又歉疚地想：平时都觉得跟斌斌在一起时间过得太快，今天怎么会觉得慢呢？而当他们不在一起的时候，我会把时间追回，钟走得比平时快些。

做这些事的时候，心头有一种狂喜。终于可以用微薄的能力帮助我喜欢的人尽可能地改变命运。

直到那一天，我的房门被粗暴地踢开。又是爱情这个浑人。不对，他身后跟着的是谁？婚姻？

爱情冲口而出：“你在干什么好事？”我只得装傻充愣。

他破口大骂：“你以为你那点小把戏骗得了我？你以为你是我吗？你以为你在帮他们吗？你个笨蛋。”

我被骂得一个字也说不出来。

他气坏了：“你知不知道这都是注定的。这是孽缘。你让他们在一起的时间那么多，享受了那么多快乐，到分开的时候只能更痛苦，你这是害他们啊。”骂完摔门走了。

一直垂首不语的婚姻坐到我对面，悠悠开了口：“你也是的，怎么玩这些？这不是你管的事，他们两个，注定是没有婚姻的。你何苦让他们无力自拔再硬生生地分开，太残酷了。”

自始至终，我白干了吗？

婚姻说：“我何尝不想他们在一起，可查过我那里的资料，他们确实是有缘无分的。刚才爱情跟我说，不久斌斌就会见异思迁，而小米为疗伤止痛而远走他乡就此落地生根不再回头。这些，是命定的。你以为爱情喜欢这样的结局？我们不过是手，做那些分内的事罢了。不见得你的力气大过手臂。你再想想，我走了。”

在门口，她说：“世上的婚姻不完满，你道爱情就完满了？”

他们都走了，屋里只我一个。

我哭起来了。

我算什么？我不过是时间，没有任何用处，只需按部就班向前走，我本该是最无情的。

但那世上的有些人，却比我更无情呢。

爱情敌

我是小米。

那天在酒吧里，我失魂落魄地喝完第三瓶汽酒后，有人悄悄把我拽到一边：“一个月前，我见到斌斌与一个女孩手拉手在街上走，是晚上。我坐的出租车从他们身边过，两个人都很高兴的样子。”

我更加失魂落魄，遂要了第四瓶。

我近来有点喜欢汽酒，度数不高，还比不上啤酒，但因为带汽儿的缘故，“上头”很快，半瓶下去，就晕了。

一个月前，斌斌在小学同学聚会上，认识了曾是小学同学的刘晶，第二天，他便要与我分手。

太没面儿了。

我说：“你神经病啊？你认识她超过 24 小时了吗？你与我在一起四年，你想清楚再说话。”

斌斌说：“那好我想一想。”

我把这件事当作他众多艳遇中的一桩，不去想，不去让自己生气，不去搭理，让它自生自灭。

与一个人在一起，如果以一生一世为目的，总要学会这些眼不见心不烦的功夫。与斌斌这些年，这种考验我功夫的事件，时不时就会涌现，我慢慢有点习惯。

第二天，我若无其事打电话约他吃晚饭。

他又生气又吃惊："你干什么小米？不是说让我好好想一想吗？"

咦？这么大件事吗？我说："边吃边想也可以啊。"

斌斌这两年越发没有幽默感："小米，你不要开玩笑。我这次是真的。你容我想一想，我们这周不要见面好不好？"

我有点下不来台："吃完今天的饭再想吧。"

他的口气有点嫌恶："我对她也说，我要一个人静一静，想一想，她就说'好'，什么多余的话都没有。小米，你不要恃熟行凶。"

我也生气了，他凭什么拿我与一个相识刚过 24 小时的陌生女的比？"啪"地摔掉电话。

丽媚说："你老实一点，不要缠他，他这次恐怕有点不对劲。"

"哼，"我不屑，"有什么了不起？就算他与我分手，那是他的损失。"

"你不要嘴硬，他真与你分手，你不难过吗？"

我不知道。我无法想象。

也许经过太多风雨，我们都未分开过，我不相信阴沟翻船事件。

但我没再上门给斌斌羞辱，我上班，下班，与朋友吃饭，生活如常。开始的一两天过得很平静，到第四五天，心里突然被巨大的恐慌和哀伤笼罩。

睡觉前，瞪着已有尘土的灯泡想：他是不是玩真的？以他那样率性，什么事都做得出。如果没有他，我会怎样？怎么可能在二十八岁“高龄”，于感情路上从头再来？

第六七天，度日如年。我开始丧失食欲，恹恹，无精打采，魂不守舍，长吁短叹。丽媚说：“你看你，要不那样，要不这样，你能不能表现得中间路线一点？晚上出去坐坐吧。”

我们去了常去的一家酒吧，因为是周末的缘故，酒吧里早已人头攒动，烟雾缭绕中，我一眼看见斌斌。

他走过来，我勉强笑着说：“我事先不知情，别指责我又来缠你。”

他说“不会”，坐了片刻，完全无话，又回到原来那一桌。

斌斌的朋友，百分之九十我都认识，但这一桌里，除了胖子，全是新面孔。胖子是斌斌的小学同学，于是随着酒吧里放的“ACID JAZZ”，我的肌肉“滋”一声酸起来，我百分百确定那个刘晶就在人堆里。

我漫不经心、但实际上仔细地一个一个瞄过去：最左边那个不可能，短头发，斌斌不喜欢短头发；第二个，扎两只辫子，蓝色毛衣的，笑容十分甜美，就是她，一定是她。我根本无须再往下看，一挥手招斌斌过来。

“第二个？”

“对。”

我气馁。

以一个陌生人视角看去，这个姓刘名晶的女子，美丽活泼，落落大方，如果有人介绍这样的女孩给我做朋友，第一眼便会令我觉得亲切。我找不到任何可挑剔之处。

“她多大？”

“比你大一点点。”

“看起来比我年轻。”

“是”。

“干什么的？”

“普通的秘书。”

我的腰板顿时直了。我是谁？我是著名的安达公司的财务总监。她怎么可以与我比？

我的恶气涌上肺腑：“她不是‘什么多余的话都没有’，等你一周后的发落吗？”

斌斌皱起了眉头：“同学聚会，我不好不来。”

谁亲谁疏，高下顿分。

我的心我的心，被巨大的哀伤所侵袭，我看到了我不想看到的未来。

从那天起，我喝上了葡萄汽酒。

喝酒有讲究，其一便是不可喝闷酒，越喝越闷，越容易醉倒。

我醉得开不动车，头胀得厉害，只好捧着头坐在驾驶座上等待酒醒。

斌斌被丽媚从酒吧里叫了出来。正是春寒料峭时，他身上带着酒吧里的热乎气儿，在黑暗里似乎还静静地冒白烟。

“你别开车了，跟我打车回家吧。”他淡淡说。

我的眼泪流了下来。

一路上，喜欢叽叽咕咕说话的我，只偎着他肩膀，不停地流眼泪。他不停地递纸巾给我，我想他还是爱我的。

我们睡下。我以冰凉的手探向他的热乎乎的身体，他向他的方向滚了一下，把一张被子强行挤成两块。

“你别多想，你醉成这个样子，我不放心你一个人回家。”热乎乎的身体里蹦出的尽是凉字。

我知道旧人是没有任何优势的。我所有的优势，不过是多保持一段时间与斌斌之间的恋人关系，名不副实的恋人关系。旧人的优势在于旧得发黏，不能说断就断，因为习惯成自然，有了一种理所当然的感情，就当我是他兄弟姐妹，他再六亲不认，也会惯性地为亲人担心。

我的酒，因为冷，而醒了。

“你与我回来，她不生气吗？”

“她知道我们之间问题尚未解决，她愿意等。她是非常懂事的，小米。”他的每一句话都已然站在界限那端。

“你究竟喜欢她什么？”

究竟为什么所有的旧人都要问这样自取其辱的问题？

“她让我觉得轻松。小米，你太强悍了。我配不起你。”斌斌说。

一个男的如果说出这样“配得起”与否的话，明面上自谦，暗地里是给对方一个台阶，赶快下了完了。

我不响。

我是不是有错？初识斌斌时，我们都是小文员，但四年来，我似走了牛运，升职快得匪夷所思。最初自己还会不好意思，每换大一点办公桌，都会不安地适应好久。但现在，年终加薪幅度稍小，我会坐在可见三环路风景的私人办公室里，白眼翻得厉害。

斌斌现在的名片上，职位是“项目经理”，手下两个人。

我不知道与他相处的时候，是不是过分流露优越感，太过咄咄逼人，使得他对我越来越嫌，感情越来越薄。

宿醉的早晨，我总会被渴醒。摸过床边的杯子，一口将不知隔了几夜的黑咖啡一饮而尽，然后轻手轻脚去洗澡。

洗手间，是一个家里最易令我伤感的地方。我对气味十分敏感，每当用到曾用过的洗发水，就会清晰地回忆起，在用这种洗发水时发生的种种事情。在与斌斌刚开始同居时，我一直用“力士”，后来越用越贵，职场生涯最努力奋斗并得到回报的时候，要用最好的东西犒劳自己。那些日子多么累，每天回到家，脸都不洗，直接冲进被窝，半夜斌斌会轻轻挠我脚心，我不理，然后，就听见他到隔壁房间听音乐，激昂的摇滚乐在午夜两点，从门缝下随灯光渗进来。

那个早上，洗护分开时，了无生趣。我知道爱情已经到了最危险的时刻，而我无计可施。

洗手台边，摆着我惯用的香水，GUCCI 的 ENVY。真想把那支漂亮瓶子扔进马桶，难道真的一语成谶？

这是期限的最后一天，晚饭我们又见。他仍然极矛盾，左右摆弄着筷子，我问：“何必这样煎熬？这都是谁逼的？”

他看着我苦笑：“我是很煎熬，我想给出一个负责任的结果。”

“她怎么样？”

“她很好，她完全不受折磨。”

“为什么？”我尖声质问。

“因为她很自信。”

我气得发抖。她凭什么自信？凭她是个新人，凭她有股子热乎劲？

我已经受不得气，一旦这种状况发生，就拂袖而去。

斌斌一把拉住我：“小米，你吃亏就吃在沉不住气，这几年来，你脾气涨得厉害，常令人下不来台，这也是你越来越不可爱的地方。”

我颓丧地坐下：“对，我小人得志。”

“我们这一年来，吵得多厉害，吵得多频繁，我早就在考虑，这样一种磕磕绊绊的生活，要不要继续下去。这次遇见她，我才对比出我最受不了你什么。你太不温柔。”

晚饭结束，仍无结论。

周一，我一整天在走神，看着玻璃窗外的秘书们，她们与我年纪相仿，穿着粉色、粉蓝色、粉绿色的毛衣，在午休时间扎堆聊天，眉飞色舞，欢天喜地。斌斌爱上她们的同类，而放弃我？我宁肯相信这是一场噩梦。

丽媚说的对：“你千错万错，最大的错在于，你不新鲜。”

她说“新鲜”这两个字时，拖着长音，刺痛了我的耳朵。我无法改变我不新鲜这个现实，只有退出。分手就分手吧，没有必要接受一大堆指责后再羞愧难当地分手。横竖也是输，不如输得漂亮。

我与他，相恋四年，以一个月时间了结了彼此的关系。

从他家收拾了东西出来，刘晶正从出租车上下来，穿着漂亮的格子大衣，脸上的妆容无可挑剔。政权交接，清清楚楚。她看见我，犹豫了一下，我瞬间职业性嘴角上提，展开笑容，她也笑了，有点不好意思。

我与我的情敌，说的第一句话就是：“再见”。

坐在车里，再次抬头看斌斌的窗，蓝格子的窗帘，我买的。如同幕布，撩开后，新戏开锣。

现在，我经常在酒吧里遇见他俩，我并不愿失恋后，连自己的生活方式与生活习惯都改变。甚至，我们同桌进餐，宾主就不相干的问题热烈交谈，我想这是他愿意见到的，我乐意效劳。朋友们问：“那女孩是谁？很漂亮的。”

是的，她很漂亮，很可爱，有心计，识大体。我说：“他俩很衬吧？”

我买了成箱的汽酒，一个人搬到楼上去，边喝边看音乐节目到深夜。

通过这些节目的指导，我去买了一张刘若英的唱片，在上下班的车流里，大声地与她合唱：

很爱很爱你 / 所以愿意 / 舍得让你 / 往更多幸福的地方飞去……

小孩

我是小宁。

每到夏天，我就会计算，与丽媚相识的时间。

我们是在夏天认识。同居四年，有点老夫老妻的架势，但她一直叫我“小孩”。

丽媚不是个好女友，只有她的公司和我爱她，她是工作狂，比男人更像男人一样地工作，四年里，我未发过一句牢骚，现在刚刚提一句，希望她与我回北京，她却马上翻脸。

从这一点，我看出她的女强人观点是站不住脚的，如果真是女强人，哪里不可以白手起家从头再来？何况这几年她赚了不少，早就换作“小金手”，人挪活树挪死的道理都不知道吗？最要紧的是，在广州做女强人算什么劳什子女强人？巴掌大一块地方。有本事到北京去做，那么大一片，淹不死才是强人。我妈才是女强人。

我是要回北京的，我是独子，父母在，不远游。

这个夏天，我就大学毕业，如果再不回去，父母将彻底疯了。父亲母亲分别是军界和商界高官，在北京，官系里没有什么秘密，谁都知道宁家二世祖在广州以读大学的名义荒唐淫乱，被一个比他年长五岁的女人长期“包养”。父母觉得一辈子的脸都被我丢光，这次如果我再不回去，说不定他们会想办法逼我走。

丽媚很厌烦这一点我也知道。父母在这两年里，没少给她施加各种“黑手”，但我爱的丽媚就是这样“硬颈”，誓不低头。

认识丽媚那年，我十八岁，念高三。那是我人生中最黑暗的时刻。

有天晚上，我约了小张去夜店。也只有我们真的不在乎，考不上又怎么样？反正父母会帮我安排好的。老师都不怎么搭理我们。

但年轻，总憋着一口气，要凭自己的能力考上大学，念得比别人还辛苦。如果再不发泄一下，我熬不过那个夏天。

那个晚上，我认识了丽媚。那时她是社会新鲜人，第一次来北京出差，看哪里都好玩，于灯红酒绿处流连忘返。

舞池是暗的，丽媚的脸却美得发光，那一年的她正值花样年华，穿一件蛇纹的紧身T恤，半长的卷发轻盈地甩，淡黑的皮肤，黑到底的眼睛，永远微张着的红唇。那就是“风情”吧！

我一直跟着她，我不是小白兔，知道怎么样令女生注意到自己。而且，我在她面前并不自卑，我是小孩子没错，但小孩子有小孩子的好处，相对于曾经沧海的人，我们的爱情几乎是孤注一掷的。

她眯起眼笑，说：“小孩，想干什么？”

“跟你回家。”我赖皮赖脸地装老实，逗得她大笑起来。

她笑的时候会仰起脸，尖尖的下巴：“小孩，你几岁？”

“十八，健康结实，不好用可以退货”。

她盯着我，慢慢收起笑容。

我十八岁，上半身呈倒三角状，双腿修长结实，我也有无敌青春。

拉过她的手，在喜欢的 TRANCE 里跳两步，俯在她耳边说：“你想不想回到十八岁？”

小男生才会对漂亮女人产生以身相许的念头，那晚我与她回了酒店。

我不是处男，但毕竟还没怎么开发过。

丽媚是个“好开发商”。

就是那一晚，我决定追随丽媚，到广州念大学。

父亲老糊涂了，以为我真的想在外地受受磨炼，竟动用关系令我如愿以偿。

我告诉丽媚，她半天不说话，我以为线路有问题：“喂？喂？”

丽媚才迟疑地问：“来真的？”

我有点生气了：“你怕的是什么？”

丽媚不说话。

她到机场接我，开一辆小小的车。

十八岁的我眼里，她独立、成熟，她就是天人。

我把行李扔在机场的垃圾箱旁，谁要住校？

我们在学校附近租了房子同居。天凉时，穿上情侣装在学校的椰树下读书，入夏的晚上，去白云山顶听蛙鸣蝉声吃烧烤。人生是场大PARTY，由无数小PARTY组成，我们不愿错过任何一场，真是神仙眷侣。

我不爱念书，但喜欢做饭。不上课的时候，就在超市里转，找新奇的菜来烧，粤菜精深复杂，食材乱七八糟，四年的精益求精，我的厨艺突飞猛进——我拴住了丽媚的胃。

我是多好的男友，又听话，又年轻，又肯做饭。

大三的时候，父母终于知道了这件事。他们一齐飞来广州，直奔丽媚的公司。

丽媚的美震住了他们，她的铁齿钢牙令他们没得着好脸色。

他们来攻我。有什么用呢？谁能比丽媚好？他们也找不出，我二十岁了，懂得自己在做什么。父母二十岁时已经结婚。唯一的问题不过是丽媚比我大五岁，又怎么样？她替他们照顾我，他们是赚的。

我又没花丽媚的钱。说出来也丧气，我花的是父母的钱，但他们自此更乐意给，不愿意儿子被旁的女人养，别人说什么他们也没办法了，只求问心无愧。

之后丽媚被公司开除。

丽媚不作声，谁做的手脚光天化日下摆着，我等她质问我，但她不在乎，自己注册了公司，她什么都不怕。

我并不自作多情以为她是为我豁出一切，任何人走的任何一步都是为自己。就像我绝不认为自己牺牲了什么与丽媚在一起，我得到她与我在一起，那就是我想要的。

所以你看现在，她不肯与我走，我也不会说什么废话。我有什么资格？

走之前的晚上，丽媚没有特别为我早回家，我一直看 HBO 到深夜，丽媚和平常一样，一脸残妆地回来。这两年她略显疲态，你知道吗？女人但凡不再年轻，脸上都透着凛冽，寒气袭人。

她替我倒杯酒，说："小孩，天下没有不散的筵席。"拍拍我的肩。

多好，我一直觉得她好。

她说："你又不肯坐打折的早班机，我下午有很重要的会议，只能让司机送你。"

我是二世祖，我又不花她的钱，为什么要坐打折的早班机？

我们连分离都有商有量。

这些年与丽媚在一起，受益良多。我学会处变不惊，宽以待人，天塌下来只笑笑说"砸得真准"。

之间丽媚有大把机会与别人在一起，也不是没犹豫过，但她到哪里找我这样单纯的人？我只爱她的人，她身外的一切与我无关，那些扑上来的男人不一样，他们盯着丽媚的荷包，丽媚的公司，丽媚的利润，丽媚的身体。

我学会她那样敞开怀抱微笑地等待，我不是一个那么小的小孩子。

丽媚与我一起很快乐，她最大的痛苦是吃得太多总要减肥。

最后一晚，我煲了一个新汤给她，叫“归去来兮”，有当归，切成块的西瓜皮，清香四溢，吃得她十分惆怅，说：“不是我不想送你，不过确实也是不想送你。我怕我会哭。”

终于说了软话，但有什么用？丽媚有她已成形的生活，我要开始我的生活，从此花开两朵，各奔东西。

丽媚把她最好的四年给了我，我十八岁就遇见她，学到最好的东西，她是我的良师益友。而我的人生刚刚开始，我替她算算，觉得不值。

我拥抱她，把脸埋在她蓬蓬的卷发里，香香暖暖，这是广州给我留下的最后味道。

父亲见到我，只哼了一声。

母亲是内敛的人，我很久没正视过她，她的脸部线条像刀砍过一样有锋芒，这样锋芒的人加上惜字如金，让人不禁胆寒。

但他们是我父母，无条件爱护我。

北京的夏天很干，我从广州带过来的湿热藏在心里，像冷气机滴滴答答地，水时不时落一颗下来。丽媚丽媚，你在干什么呢？

我需要找工作吗？母亲一句不提让我去她的公司，我们不在一起那么久，相互都要适应一下。

家里房子比广州大得多，我只待在自己的一间，从前一起玩的朋友都不再联系，他们谁还会记得那个为了爱情奔赴远地的宁启生？

我珍藏着遇见丽媚那晚的夜店券，找小张，他姐姐说他早出国了，那臭女人在电话里掩不住笑地问：“你是启生？”

怎么样？！

丽媚。有人嘲笑也是好的，因为可以提醒我想起丽媚。

有时候我到大院的服务社买菜，小保姆每天只做些简单至死的饭。我教她？长得又不好看。

我常穿着大裤衩，骑着自行车顶着太阳在院里转悠。

有一天，一辆小小的车尖叫着刹在我身边，我回头看，开车的女孩很眼熟，懒得理她，但想起丽媚当年去机场接我就开这样的小车。

她叫我：“宁启生。”

我困惑地看她一颗小虎牙在阳光下闪亮，“不是吧？你不是小明吧？”

“为什么不是啊，我就是啊。”

小明是王伯的女儿，小时候黑黑胖胖，像个农村孩子，而且像男孩，我一直管她叫“黑蛋”。上小学时她每次看见我就冲上来打，上中学后知道害羞，当我透明。怎么会长得这么好看？

“你整容了？”

“神经病，你还是不会说好话。去哪儿？”她笑嘻嘻的。

我扭身要走，“买菜。忙你的吧。”

她不走，把车熄在一边，跑下来说：“你毕业了？什么时候回来的？干什么呢？”

“管呢？”

“哎，你这人，”她讨厌地跟着我，“听说你在广州交了女朋友，你女朋友呢？没回来？”

“你怎么还这么烦呢？”

小明的热心肠肯定是随她妈，她妈就总是眉飞色舞嘀嘀咕咕，相比较而言，我喜欢我妈那种自己闷头着急却不肯胡乱发泄的酷劲儿。

小明说：“周末晚上我姐办 HOME PARTY，你来好吗？”

周末下雨，下雨就该在家睡觉。小明的电话来了，说：“起床吧，还记得我们家吗？就在三号楼二单元四楼。”

烦死了。

我胡乱套了件白 T 恤，上面印着 FUCK OFF。谁怕谁？

小明的姐姐来开门，“启生”，夸张得不得了。

所有人都笑眯眯地看着我，仔细打量我，好像我头顶生疮。

反而是小明表现比较正常，递给我一杯汽酒，他们问十句我答一句，看他们洞悉一切的样子，好像比我了解自己更多。

小明穿了件果绿色 T 恤，脸色清亮，月光下像一个苹果。北京晚上的风是凉的，小明半长的头发在风里飘，她问：“重新回来？有什么问题可以找我。”

找她？我问过父亲，小明也整天无所事事，不过人和气，对长辈有礼貌，所以没被父亲说出什么太难听的话。

这些人里，只有小明对我亲近，是不是因为好奇？谁都是听说过没见过吃软饭的。

小明有时候去当当旅行社的导游，挣了小费就请我吃饭，我们在一起蛮高兴。

她没那么麻烦。

父母注意到了，就试探着问有没有发展的可能性，我怎么知道呢？

其实我是有点喜欢小明的。

她总笑嘻嘻的，虽然没有正经工作，但架势却很像个白领，每天上网找很多好玩的东西发给我，看得我哈哈大笑。

但是我不相信自己会这么快接受新人。我怎么可以这么快忘掉丽媚？

我甚至没有拿丽媚的照片回来，我们的合影也留在广州。

反正我又忘不了她，拿那些乱七八糟的东西有什么意义呢？

王伯已是将军了，父母暗示我应该与小明定下来。

有一天下雨，我在阳台上闻雨味。我瘦了，大片的衣服被风吹在身上。屋里飘来小明做的饭香。

刷碗的时候，小明突然从背后抱住我问："你为什么不肯做饭给我吃？"

为什么？

小明说："你忘了吗？你六岁的时候，做的第一顿饭是蒸窝头，做给我吃的。你一直喜欢做饭，你还说你将来只给喜欢的人做饭。"

我不说话，我不知道该说什么。不记得自己说过那样讨厌的话。一听就是骗女孩的嘛。

小明哭完了，随随便便擤了下鼻涕，爽快地笑了笑说：“没关系，我做给你也一样。”

我想：两个人，只要有一个喜欢另一个就行。

记忆因为丽媚的存在，变得很短小。我以为我一生下来就跟她在一起了。

有一个雨天，我终于想起之前的事：小时候常跟小明几个女孩玩过家家，我喜欢扎上围裙做饭。

我抱住小明。一辈子，有几个人能让你想起从前呢？

其实每一顿饭，就是一顿饭，做过了，吃完了，精神就不再了，世界上没有哪两顿饭是相同的，真的。

但谁也不能因为怀念某一顿饭而饿死。

我重拾饭勺，研究起川菜，那比较适合小明的北方口味。

A

姐妹

我叫少言，少纳是我姐。

与少纳出去，人都会指着她问：“这是妹妹？”我习惯了。

少纳很伶俐，念小学第一天，回来撅着嘴不肯叫“纳”，非要把名字改成“少娜”，说同学们全叫花花草草。父亲不悦，又不忍心训她，便说：“看，这个‘娜’字多么难写？不如这个简单。”少纳才悻悻忍住。

越长大，父母越为她担心，有时候会当我的面按捺不住：“少纳，你什么时候找个工作才是正经。”少纳不理，也不生气，只当作没听见，哼着歌回自己房间。

认识JAMES后，她就辞去了酒店的工作，并要搬去与JAMES同居。第一次夜不归宿，母亲急得掉眼泪，整夜没合眼，一直打电话找她。我在被窝里听了很难过，但第二天要上班，我有准确的生物钟和宽松的想法，少纳迟早要过这样的生活，何必为她担心。

但第二天我仍然黑着眼圈。

同事问："少纳和JAMES怎样了？"我只"嗯"一声。

少纳以前和我在同一间酒店工作，我在推广部，她在商务中心，就这样被在酒店长住的JAMES勾走。很多同事来打探的时候，我还完全蒙在鼓里。

她不说，我也不会问。反正开头JAMES对她还是好的，在她身上花了不少钱，爱情不就是这么回事，把握住开头的好时光是应该的。

少纳有次说："少言，还是你好，只有你不劝我与他分开。"

少纳让JAMES搬去别的酒店，我长出一口气。就算是有私心吧，谁愿意自己姐姐天天挽着一个略带油腻的中老年外国人在眼皮底下出出入入？

JAMES带她去了不少地方，每次回来，少纳都塞给我几件衣服。那些露透瘦的衣服不是我的STYLE，但我很谢谢她有这份心，随手挂在衣柜里，连封都不拆。

过了半年，少纳红着眼圈来找我："少言，他要被派去台湾了。"

"你怎么想？"

"我想与他结婚。"

"他怎么答？"

"他不肯。"

意外吗？反正我不。很多外派的老外都是这样的，在每一个国家都有一个固定的LOVER，很爱很宠，但结婚免谈。

但少纳对他是动了真心的。他干脆利落地走，少纳承受不住。

“可是少纳，这是游戏规则。”

“我没想游戏，他是我理想中人。”

“可他没这个理想。道不同不相与谋，算了少纳，至少你快乐过。”

少纳掩面而去。

JAMES 来找我：“少言，我要走了。”

“走好。”我很冷淡，我知道这种玩法，但不喜欢这种玩法。

“少纳最近很纠缠，我希望好合好散。”

他懂的词还真不少。

“你想干吗？”

“你劝劝她，你们情同姐妹。”

“我们本来就是姐妹。”

“对不起，我的中文不好。”

他瞪着灰蓝色的眼睛，对，他听不懂。他只看得懂什么叫美女。

JAMES 走了以后，少纳搬回家。成箱成箱的衣服，也不挂起来，就在地上扔着。晚上不睡，抽烟，听音乐，白天不起来，我有时推开她的门，只闻见烟臭。

我觉得可笑，为那种身材已经走样的外国人？他在自己国家算什么东西？能找到什么女人？少纳这么美，为他憔悴，真不值得。我很难同情她。

又过了几个月，少纳有重整旗鼓的意思，天一擦黑梳妆打扮，随便拎起一件不皱的衣服就跑出去玩，回来也不会洗，还扔回原地。时间一长实在找不出可穿的衣服，就把以前送我的一件件穿回去。

她说："少言，对不起。我习惯这样。"

我说："没关系，You are Welcome。"

少纳抓紧我的手，她只有我了，父母对她已经不闻不问。

我知道JAMES除了这一堆衣服，没留给她一分钱。这种在华人面前打肿脸充胖子的人，其实顶会算计。

有些夜里，少纳会钻进我的被窝，说"睡不着"，然后踏实地睡去。

我不喜欢浓郁的香水夹杂着烟酒味道，但她是少纳，我只有一个姐姐。

她自己的房间已经进不去人，到处都是杂物。我请了小时工来，一整天才收拾干净。

那些昂贵的衣服都送出去干洗，非常贵的一笔费用。我不客气地把她的梳妆台扔出去，置了新的衣柜。

少纳在家外很光鲜，隔三岔五就换上最新型手机、手包、发型。我疑惑："这个很重要吗？"

她严肃地点头："很重要。"

她不再回商务中心去工作，她说："我已经不会打字，至于传真复印订机票，是人都会干。"

吃喝玩乐像她那样熟练的还真少。JAMES害了她，把她捧到高处，撒手扔掉，她回复不到原位。

这期间我奋斗于升职，手头渐渐宽裕。其实很想搬出去，但想只剩父母与少纳同住，他们不知要手足无措到何地步。

我也犹豫要不要借钱给少纳，但又不想助长她奢侈的作风。

休年假时，我拉了少纳去旅行。

少纳很气人，只肯住四星以上酒店，白天只肯在房间里睡大觉，晚上打扮得漂漂亮亮到酒吧里坐。我板着脸说：“你先回去吧。”

她只撇撇嘴笑。

回程飞机上，我才发现有一个身材瘦小的东南亚人与我们同行。

少纳大方地介绍：“JAMES，这是我妹妹少言。”

又捡来的这位 JAMES 好像只到少纳的鼻子。

JAMES 是个见面熟，一路把少纳伺候得像公主，但对我很疏远，我知道自己脸难看，我看不惯眼珠乱转的人，他看得懂什么人不吃这一套。

下飞机 JAMES 仍不走，我站在出租车门处瞪着他。

少纳说：“JAMES 与我们回家。”

“为什么？”

“我要向你们的父母求婚，请求把少纳嫁给我。”JAMES 不知学了一口什么方言的中文。

我是真的很生气很生气，后悔不该把少纳带出来玩。二话不说，拎了他们到酒店。

父母对 JAMES 还不错，生怕少纳砸手里的样子。我按捺不住地摔摔打打。

“什么时候又喜欢短小精干？”我讽刺她。

少纳并不生气：“他对我好。”

“这种对你好的人到处可以找见。”

“不，少言，没有，真的没有。”

少纳摇着头，给我看手上硕大的戒指。

“我们只认识三天，他便向我求婚了。”

“怎么又叫 JAMES？”

“巧合罢了。”

父母竟然要JAMES到家里来住，我冷眼看着他们跑进跑出办结婚的事。少纳抽空会教我道理。

“你不要那么冷淡，生活还是要戏剧化一点才好。”

“我心脏病。”

“你算了吧，你只是胆小，我告诉你，不怕受伤害，就不会受伤害。”

“你小心，听说他们国家的人可以娶很多老婆。”

少纳打了我一下就跑了。

我想她是有 JAMES 情结的。上天对她不薄，从 JAMES 处跌倒，再从 JAMES 处爬起。

少纳走时，父母哭得很厉害，少纳也是，我仍然不忘打击她：“那地方热得要死。”

少纳狠狠地抱着我，在我耳后说：“我最怕冷了。”

JAMES 结结巴巴地说："爸爸，妈妈，小姨，我会好好照顾少纳。"

少纳搂着他窄窄的肩膀，像扶着一株被砍断的小树。

我抢了两人的护照去办手续，才发现 JAMES 根本不叫 JAMES。我拉住少纳问："搞什么鬼？"

"我一定要管他叫 JAMES，他说没有问题。"少纳还在抹眼泪。

回家，我到少纳屋子里坐了半晌，那些漂亮的衣服一件没有带走，看着那些裙裾，想起少纳曾经的神采飞扬，想起她眨着眼对我说："不怕受伤害，就不会受伤害。"

我和少纳是双胞胎。但不知道为什么，从来没有人把我们认错。也许相由心生，我是太冷漠了。

人说双胞胎有心电感应，我们之间也有相处的规律，就是所有的态度都相反。她喜欢的我讨厌，反之亦然。

我希望这是颠扑不破的真理，因为她嫁给 JAMES，我很难过。

是不是我一直难过下去，她就会一直欢喜下去？如果是，那么没有问题。

弟弟

我叫文轩，有个弟弟叫立轩。

我最近一次见到立轩的真人，是在“麦乐迪”。

也不是约着同去的。因为“麦乐迪”每间包房的门都是透明的。

也不是因为门是透明的才看见，是因为他们那间包房里正好有个人出来，我当时正打那儿过。就看见我亲爱的弟弟，一脸痛苦状、正使着大劲儿、摇头晃脑闭着眼唱情歌，像极了便秘。

我站在门缝那儿看着他，站了有一分多钟，他才把眼睁开。可见投入的程度。

他看见我，脸上闪过了不好意思，咧嘴一笑，唇红齿白，大声叫：“哥，进来啊。”

一屋时髦男女，都往门口探头探脑，我犹豫了一下，还是进去了。

他给我递了根儿烟：“怎么这么巧？”

旁边马上有人给我点火，我点头谢了。有人怪叫：“立轩，你哥比你精神多了，你丫别混了。”

立轩笑，我也笑。我很少见到他的朋友，尤其是娱乐圈的朋友。

立轩说：“不新鲜，从小别人就这么说。”

我问：“平时还唱不够，又跑这儿唱来了？还唱得挺卖劲儿，满头汗。”

他甩了甩已经长到脖子的长发：“反正也没事干，就当来练练歌。”

有人把麦克风递到我面前，“你来唱？”

我摇头：“抱歉啊，我不会唱歌。”

立轩看了我一眼，只是笑。

在人堆儿里，我跟立轩不知道说什么：“你要是真没什么事，多回家看看爸妈。”

他点点头，也没什么话说。我想，我是长子，要担负起没话找话的任务：“最近去外地演出吗？”

“明天去沈阳。”

立轩总是很忙，他现在还够红，穴多，爸妈想见他，或者想听他的声儿，倒不如打开电视更方便。

以前，他没当歌手的时候，我带他出去玩，介绍说：“这是我弟，立轩。”别人就会说：“文轩，你弟比你看着体面多了，你别混了。”

我还说：“那以后就少带他出来。”

立轩一直就不爱说话，闷闷的，脸上老挂着个老实的笑容，是那种骨子里犯坏的小孩。那会儿除了我，恐怕没人知道他喜欢唱歌。可是，虽然我知道他喜欢唱歌，也没想到他能当职业歌手，我一直觉得他唱得够难听。

少言说："你对你弟最惯了。"我吃惊："是吗？"

"是啊，"少言说，"你跟你弟弟说话时最明显，'如果你一定要'，那就行行行行行，你没意识到吗？"

我想了好久，还是问："是吗？我不知道。"

我老觉得欠他的。立轩比我小两岁，穿我的旧衣用我的旧物上我念的学校在我的班主任门下甚至——他的初恋女友，都是我第一个马子。

"马子"虽然是台湾话，不过叫马晓静正合适。马晓静的长相是中小学里最得宠的样板：圆脸浓眉大眼小嘴俩酒窝中等身材，外加上学习好，当年被高年级男生猛追。我一周之内劫了她八次，开始她不说话，只躲，她躲到哪儿，我自行车的前轱辘就顶到哪儿，后来她边躲边笑，再后来，就答应了。

真的只是个马子，我跟她泡了一个礼拜，就把她甩了。傻了吧唧的，除了说他们班的事，最远能扯到他们年级，我烦了，就懒得再找她，她也没来找我，起初还互相"照个眼儿"，再后来，纵使相逢应不识。所以，当立轩大二那年暑假，头一次把她领进家门，我刚打厕所出来，光着膀子，嘴里叼着报纸，手里还正系皮带的瞬间，我与马晓静迅速交换了一个心领神会的眼神。

立轩总是能干出让人大跌眼镜的事，从马晓静这儿，我早就该看出来了。

马晓静一毕业就出国了，剩下立轩一颗破碎的心让我们家里人帮忙收着。我不忍心看着他消沉，让他好歹找个工作，他充耳不闻，每天只关在屋里拉着窗帘听伤感的流行歌曲。二十多岁的人了，躺下半人多高站起来一人多长，让人看着真他妈于心不忍。

我背地里骂马晓静不是玩意儿，少言说：“你算了吧，男人，不能这么说自己的初恋女友。”

“谁是我初恋女友？少言，你才是啊。”

“那马晓静的脸蛋，当年谁第一个啃的？”

“好汉不提当年勇，你看你真够三八的就，不能让你知道点事儿，吃陈年干醋呢吧？”

少言悻悻地说了句“放屁”，就陪我妈聊天去了。

但谁知道我阿拉伯语说得比中国话还好的高才生弟弟立轩，竟因为失恋而恶补流行歌曲，而当上了歌手。

开始我还劝阻，到底书香门第，干什么不好干吗唱歌呀？可他说：“我乐意，轻省，挣钱又多，我喜欢唱歌。”

没办法，我只好说：“如果你一定要唱，就唱吧，可是你的专业废了，我还是觉得可惜。”

立轩板着脸说：“我自个儿不觉得可惜，就不可惜。”

行行行行行。

妈气得脸色铁青：“唱歌？何立轩，你读了十二年书，受了四年高等教育，从大学出来你居然去唱歌？”

立轩就跟什么都没听见似的，盯着天花板。

我劝：“妈，立轩喜欢唱，就让他唱呗。”

少言也说：“阿姨，只要是真心喜欢的事，就让他干干试试。”

我妈也不是善茬儿：“他还真心喜欢马晓静呢。”

立轩红了以后，就从家里搬走了。

少言也适应不过来：“这么一个木了吧唧的立轩，怎么就成了歌星了呢？你教教我，心理怎么调试？”

再后来，随便打开电视就是立轩的时候，少言的“三八”劲儿更成瘾了：“说说说说，你是从什么时候发现立轩有过人天分的？”

什么时候？我能告诉你吗？

我和少言，饮食男女过着平淡生活。她爱看电视，我爱在网上打牌，各不相干，与世无争。

但她最近迷上了看《绝对星内幕》，就是那种把明星请到直播间，专往人家伤口上撒盐的节目，不把嘉宾弄得涕泪横流不罢休。少言每每陪着人家流眼泪，我就说：“你省省行吗？你说，人家今年总得二十来岁吧？不是奶奶带大的就是姥姥带大的，奶奶和姥姥还有几个活着的？然后上来就问人家‘你奶奶或者你姥姥现在身体好吗’？废话人都那么大岁数了能没点病吗？”

少言恨不得啐我一脸。

她不知道，这个节目做立轩那期的时候，来采访过我。

被我啐回去了。我不能容忍立轩被人这么耍弄。我打小就见不得他们欺负立轩。

但我理解立轩，人在江湖，总有游戏规则。那天播出他那期的时候，我还是端端正正地与少言一起坐在电视机前。

女主持人问："立轩，你还记不记得你第一次登台是什么时候？"

立轩想了想，说："十一岁吧好像是。"

"是在中学？"

"对，初一，刚上初中。"

"能给大家讲讲当时的状况吗？"

我突然紧张起来了。屏幕上的立轩也有点不自在似的坐立不安，我起身去倒水。

"我小时候特别喜欢唱歌，可是觉得自己唱得特别难听，根本就不敢当着人唱。我哥就说，你怕什么呀？你就当着人唱一次试试，就当练练胆儿也值啊。"

"学校那年会演，我就鼓足勇气报名了。"

"天天回家练，关上门，我哥当观众，我一遍一遍地练，我哥就给我指导，因为是首英文歌，我哥帮我纠正发音。练得做梦都在唱，做梦都不会唱错。"

"到演出那天，我还化了两个小红脸蛋，穿着白衬衫蓝裤子就上台了。"

“一上台，看见台下黑压压的人，就晕场了。等前奏放完了，全校师生就听见优美的旋律，没人听见歌词。”

主持人问：“为什么？”

“因为我根本就没张嘴。”

“那怎么办呢？那后来呢？”主持人特别真诚地追问。

我大口大口地喝着开水。

“后来底下就‘嗡’一声，大家都笑开了。”

“我站在台上不知所措，连是不是应该哭都反应不过来，完全傻了。”

主持人问：“再后来呢？”

“再后来，我就看见我哥从他们班的队伍里站起来了，他穿着和我一模一样的白衬衫蓝裤子，也没跑，就慢慢地走上台，跟台侧放音响的老师特有礼貌地说，麻烦您再放一遍老师。”

“然后，我哥就走到我身边，拉住我的手。前奏就响起来了。我看了我哥一眼，他根本就没看我，只是使劲儿攥着我的手，我就觉得心里突然特别踏实，充满了勇气，我们俩一起，在全校师生面前，把这首歌完整地，而且是完美地唱完了。”

我看见不争气的少言，居然和那个女主持人一样，哗哗地流起了眼泪。

“干吗干吗呀？”我踹她。

很识相的摄影师，马上把镜头推成特写，我看见立轩红红的眼圈。

完了，这些受过高等教育的人，全被煽情节目打倒了。

少言无声地啜泣着，然后一头扎在我怀里。

一个月后，我给立轩打了个电话：“在哪儿呢？”

“慈溪。”

“我礼拜日结婚。”

“好啊，”他淡淡地说：“想要什么礼物？”

“不用了，回来就行了。”

“要帮什么忙？”

“不用，帮忙吃口饭。”

立轩在电话那头笑。半天才说：“你看我那期《绝对星内幕》了吗？”

我也笑：“你这个笨蛋。”

他说：“少言看了吧？看完就跟你说，咱们结婚吧，是不是。”

这就是默契。我弟立轩，帮助我成功娶到了少言，而且是她向我求婚的，从此我在这个家庭里的至高无上的地位，就确立起来了。

人生如戏，全靠演技啊。

手

出于职业习惯，每与陌生人交往，我第一眼注意的，是对方的手。

不，我不是个修指甲的。

我也不是大夫。

我的工作寂寞，无聊，像在一个很小的孤岛上，与喧嚣近在咫尺，却又与世隔绝，我看见繁华，听见笙歌，但是，一切与我无关。

我是一个收费员。高速路收费站的收费员。

这样一份工作，还是父亲费了很大的力气才替我争来的。我小时候住的那片居民楼，被卖给一家资金雄厚的房地产公司盖别墅，所以，整个地区的人迁到更往北的区县。

高中毕业，我没有考上大学，家里人也没这个指望。放眼望去，周围也很难再有国家可以管一辈子的工作，再后来，高速路开通了。

父亲找了许多关系，我才有了这份得来不易的工作，我的后半生不用父母再发愁了。我们有宿舍，在高速路旁边的楼里，一周才回家一趟。

每天工作八个小时，每两小时一换，坐在收费站里，伸出左手，“你好”，接住驾车人递上的钱，找钱，给票，“再见”，档杆升起，下一位。

日复一日。如果我是个脑筋活络、坐不住的人，会被这单调的工作搞疯的。每天要看见许多许多只手，不一样的手，说无数遍“你好”“再见”，迎来送往，你以为这是什么样的生活？你试试？

所以，为了不疯，我要寻出工作的乐趣。

我开始观察唯一与我发生接触的东西，我开始给它们归类，通过对它们的甄别，去判断它们的主人。

一个手不漂亮的人，就算他开着再好的车，我也从心眼儿里看不起。

对于我来说，手是心灵的窗户。

晚上，我总到家原来的地方转悠。那儿迅速起了一大片工地，看着他们从地基开始，到现在，一幢幢漂亮的TOWNHOUSE在黑夜里静静伫立，不知道是什么东西做的外立面，竟然能反射出淡淡月光，我在工地上一站良久，月华如水。

水总是很慢地流，日子也是很慢很慢地过着。

父亲常说，这个地方的风水很好。好吗？我冷笑，那也要看什么人住在这里吧？穷人住在好风水的地方，又能指望什么呢？我们这一区穷人，还不是被从风水好的地方赶走？

父亲还说我的眼睛长得好，我不知道，但我的视力很好，那些驾车人一掏钱，我就能看到掏的是十块还是五块，或者一百，我就迅速地准备好要找的钱，在他们递给我钱的同时，我把票和要找的钱一次交给他们，省得伸第二次手。甚至我还能看清他们钱包的大概样子。

同事喜欢研究车型。交会不过短短瞬间，但他们会盯着老远开来的车，一旦发现一款没见过的，能兴奋一天。

我不喜欢，我喜欢研究那些人的手。手是有表情的，但车没有。

一双足够美丽的手，才会吸引我的视线至他们的脸。

那天，我见到了我这一辈子见过的最美丽的手。

至今，仍然像慢镜头一样，可以清楚地在眼前播放无数次。

那是一个夏天的下午，燥热。

蝉鸣从很远的地方传来。高速路很宽，柏油路面被毒日照出一层水蒸气，远远看去，地上如同积着一汪汪水。远处绿得发黑的树，更将收费站衬成一个孤岛。

高速路收费以来的第一个夏天，我告诉自己要去适应它。你不知道要在这孤岛上待到什么时候。我对自己说。

头上的电扇，摇头晃脑吹来吹去，只是把热风从这头吹到那头。

一只雪白的手伸了过来。

她掏钱的时候，我已经看见中指上一枚硕大的金色的戒指，心里正说着“俗”，那只雪白的手便慢慢地，伸了过来。

太吓人了。

美好的东西，太美了，也会吓到人的。

当然，在她看来，我那一呆，只是一瞬间。

我先看见了那枚戒指。那是一枚比顶针还要长的戒指，金的，那样瘦长，几乎裹住她关节以下的中指。我可以看到的那面上刻着仿宋体的“福禄”，想必下面两个字是“寿喜”。

福禄寿喜，俗气的四个字，喜气洋洋的四个字，却被打造得如此诡异和清秀。

我肯定这只戒指是定做的，因为它的主人的手指，细瘦有异常人。我清楚地看到她手背上淡青色的血管，甚至可以感觉到，在我惊异莫名的注视下，血管轻轻地、突突地微跳。

她的手很瘦，比一般人的手要瘦四分之一，皮肤极白，没有留长甲，没有涂蔻丹，指甲修得圆圆的，很干净。

我说：“你好。”

她说：“你好。”

我看她的脸。

收费亭比较高，她并没有仰头看我，她看的，也是我的手。

她应有张圆脸，脑门饱满地高涨着，因为我比她坐得高的缘故，那个角度，看上去更加饱满。

我能感觉到这是个神采奕奕的姑娘。

但却有那样一只无精打采的、落寞的手。

我不能再耽搁更长的时间，把票递过去：“再见。”

“再见。”她对着我的手说。

然后，她开远了。

整整一个下午，我都在想着那只手。它柔弱得如同树的枝条，白得像生命即将离去。

还有那样一个突兀的戒指。

那完全是一只厌世的手，却讽刺地配着“福禄寿喜”。

再见这只手，已经是半个月以后了。

仍然是“福禄寿喜”。我的心狂跳，我死死地盯着她的手。

手背靠下方，有一颗极淡的褐色的痣。

下班，网上查查，说手背上有痣，是福气。

她开的是辆蓝色的车。我不懂车，但我喜欢她开的车，很常见。因为她开着，我觉得那款车很有气质。

隔天又见到她。这次，她没有戴“福禄寿喜”，我也一眼认出了她。

仍是很热的一天，阳光正正地照过来。

递给我钱的一刹，她仰起脸，用右手拉下挡光板。

她的脸有一点点美，不是很多，对于很多人来说，那美是不够的，不够艳，不够亮。她的脸美不过手。

然后，她的眼睛扫过我，也没有停留，是很茫然地扫过。

我猜她什么职业。怎样才能拥有那样处子似的手，我敢肯定这双手没有做过任何粗重的活。

渐渐我发现了她出行的规律。每天下午两点左右，她就会出现在高速路口。她是从那片别墅区拐过来的。

很可惜我不当晚上的班，不知道她是几点回家。

现在，晚上再到别墅区去很麻烦，因为住户越来越多，保安会阻拦外人进入。

我常在那边溜达，跟他们打个招呼，其实是可以进去的。但我总担心他们会问我为什么要到里面去走？难道只为了我的家以前就在这里？我不想解释，因为我自己也想不清楚。

以前，可能是的。但现在，我想知道那个长着漂亮的手的姑娘是不是住在我家的“遗址”上。

我沿着别墅区的墙根散步。

别墅区很大，走完一圈几乎要半个小时。

里面很静，很没人气似的。

我一边走，一边回想很多问题。

我最近看了一套影碟，叫《欲望都市》，那里有一个叫夏洛特的女子，有一双非常美的脚，而她又非常喜欢买鞋子。某次，她明知道买不起，还是禁不住诱惑，而进到一家很贵的鞋店，试穿橱窗里那双漂亮鞋子，她只想试试，但卖鞋的那个男人，因为爱她的脚，坚持把鞋送给了她。后来，夏洛特经常到那家鞋店去试鞋，男子也经常低价把那些漂亮的鞋半卖半送。她试鞋的时候，他脸上的表情非常复杂，有满足，有挣扎，像是欲望得到发泄后，那种表情。

后来，夏洛特的女友坚持让她把鞋退还给那个她们认为不正常的男子。

那是“恋脚癖”吧，我想。

我是不是有“恋手癖”？

我想了很长时间，然后得出结论：不。

我只是觉得女人应该有好看的手，这是她们应该做的。

我看到了梦寐以求的那双手，很高兴，但不会激动成那样。

我确实想握一握那双手，稍微用力，感受到手骨被挤压。

书里说“柔若无骨”，一定就是那样的感觉。

如果一个女人，没有一双美丽的手，就绝对称不上美女。

还有，一双美丽的手，戴什么样的饰品，也是非常有故事的。

福禄寿喜。

一双弱手，能表现出欲望，勾起人的怜惜。

我不知道该跟谁说我的想法，我总不能对我的哥们儿说：“我迷上了一双特别漂亮的手……”

那姑娘消失了一阵。

风里慢慢有了遥远的凉意。只一点点，感受不到，但我闻到了。

我闻到秋天的气息正急急地赶过来。

她又出现了。

她换了一个奇怪的戒指。银的，银色的底座和环，上面镶了一块白瓷，很大的白瓷，白瓷上，印着一只蓝色的猫头。猫的表情很严肃，像一个人。

也许是因为白瓷片的反衬，看上去她的手黑了一点。我注意到她的脸也黑了一点。

也许是出了趟远门，到什么地方旅游去了吧。

女孩的脸仍那样饱满，浅麦色的皮肤，让她显得心情愉快。

但是，她手上的东西，仍然那样诡异。

晚上散步的时候，我突然明白：她知道自己有一双极端美丽的手，所以，才会在手上戴千奇百怪的东西，把人的视线都吸引到那里。

月亮很大，很圆，看上去很低。

墙里的湖面上，抖抖索索着它的影子。

那辆蓝色的车，就停在湖边一栋房子的车库里。

青蛙的叫声，在夜里传得很远。这真是一个美好的地方。

很多年轻人路过收费站，摇下车窗时，车里传来巨大的电子乐。

那个姑娘，似乎总是听收音机，好几次，我听见铿锵的声音：路——况——信——息——。

除了手上的风景，她显得那么平常。

所以这个人应该聪明。

这么年轻，住在这么昂贵的地方，懂得享受，懂得欣赏。懂得自己的美丽所在。

我想象着，我会在什么样的情况下与她面对面地相遇。

应该会有那样一天吧？父亲说，只要你想的，你就会下意识地祈祷，你就会下意识地制造机会，一定会让想的，成为真的。

高速路口的收费站，时常也会有一些车坏在那里，车主就会打电话叫救援。我们在岗上看着，没人会去帮忙，大家心照不宣地敌视他们。

但她没有过。如果她的车坏在那儿，我一定会去帮忙。

但我觉得她是个心思细的人，心思细的人，不会犯这种错误。

我真没有别的想法，我就想知道她是干什么的。

这不叫爱情。那太俗了。这叫迷恋。

是不是也差不太多？

白天，我在岗内，她在岗外。

晚上，我在墙外。她在墙内。

可以看见不可以触见更不可想见的生活。

父亲打电话叫我回家。他说不知道我一个月才露回脸儿是什么意思，难道真的还爱上这个工作了吗？

我回了，我从来都听话。我知道他又要给我介绍对象，他已经为我介绍五六个了。

父亲总问，为什么连话都没怎么说过，根本就不了解人家，就拒绝。

不用了。

因为她们的手，都非常的难看。粗大，粗糙，不够干净。有的看上去马马虎虎，但一握，硌手。我就知道，这都是些粗姑娘。

我不是指她们的职业，她们的工作都还可以。可是，我说过，手是心灵的窗户，她们的心，肯定也粗。

我想要那样一双手，柔若无骨，雪白，我会攥着那样一双手，放在胸口，什么都不让她做，好好疼她，地老天荒。

我回家了。家里坐着小青。

小青的手，有点紧张地扭在一起，因此，骨头显得特别明显，是细弱的骨头。

我像终于找到了丢了很久的东西一样，伸出手。

小青有点吃惊，有点窘地伸出手来与我握。

我没有特别用力，但捏得足够了解一双手的质地。

小青的手，白皙，修长，骨感。

我和小青是春节结的婚。

还休了一周的婚假。我们到三亚去旅游，每天在海滩上暴晒，她黑了好多，笑嘻嘻地问："你怎么就对我一见钟情了？"

我就拉过她的手，说："你的手，真漂亮，像是以前见过的。"

她就很快地抽出手来，打我："贫嘴滑舌的。哪里见过？"

小青是个小学老师，教音乐的。

我最喜欢放学以后，坐在音乐教室的小椅子上，看她弹钢琴。她和钢琴沐浴在夕阳里。手在黑白的琴键上灵巧地按动，有一些灰尘，被琴声激醒，也在阳光里活泼地跳动着。

我不再有时间在别墅的墙外散步，每天下了班，我都去接小青下班。我小心地攥着她的手，放在我兜里，像小心地放好一个秘密，回家。

我们的手，在黑暗的兜里，互相抚摩。

小青的手上，有一枚小小的金戒指，方的，上面写着四个小字：福禄寿喜。

A

名如其人

黎小青名如其人，很清秀的男孩子，一双桃花眼，看女孩时目光认真地直视，又不觉色情，让女生很受用，都有一种“眼里只有你”的感觉。

但黎小青名如其人，个子小小。从小，因为个子不高，虽然长相秀美，却不被同龄女子所喜欢。他一直在低届女生中受欢迎。

黎小青喜欢同年的李可可，全世界都知道。

但没有用，李可可只爱高文轩，高文轩名如其人，高大威猛，与黎小青站在一齐，傻瓜都知道自觉走到可信赖的那一边去。

黎小青记忆中，永远有某个夏天的下午，在学校长长的走廊里，看见李可可穿着棉布的白裙，从教室慢慢走出，白色球鞋踩过斜斜阳光照在地上的平行四边形窗框黑影，走到阴影里，踮起脚尖轻轻吻了站在暗中的高文轩的脸。那个慢镜头，是黎小青不愿人知的终生小电影。

黎小青在教室门口站着。他突然发现自己的嘴里发出“咯吱咯吱”的声音，就像弟弟睡觉时磨牙，他吓了一跳。

他发现，全身上下，只有脖子可以动。他缓缓地低下头，看见一双紧握的小拳头，他看见一个正在战栗的小躯体。眼眶里酸涩极了，可他强忍着不让眼泪流出来，后来，一大滴清鼻涕犹豫不决地落在他的前襟。

从此，黎小青发誓只与比自己个子高的女孩在一起，甚至，他找过不少高头大马的模特，他用他的小手，硬硬的小手，把那些大模掀翻在床上，那一刻，他老觉得他掀的是高文轩。

他不在乎别人怎么看，大家总见他与高大女孩走在马路上，女孩拿胳膊搂着他的肩膀，甚至搂着他的腰，其状甚欢。

黎小青换女友的速度令人咋舌，既然得不到最想得到的，就谁都无所谓。他第一个正式的女友，是大学时期的女班长，相处时间较长，半年。到黎小青二十四岁时，已经交过三十来个女友了。

所谓女友，不如说是性伴侣，索然无味时，毫不留情地换掉。那些真心喜欢他的女孩，开始都抱着成为他的唯一的决心，但都抱着灰心黯然离去。她们都听黎小青讲起过李可可，用力恨着这个未曾谋面的女孩。她们都猜黎小青人生路上这第一个大马趴，是栽在一天仙手里了。

但马一一不恨，马一一觉得自己牛逼。名如其人，马一一一直是个受瞩目的 No.1，她身材高挑，天生衣裳架子，眉清目秀，人常说她与黎小青颇有夫妻相。

马一一是交通台的主持人，人面极广，与李可可也有一面之缘。黎小青一提起李可可，马上就被马一一灭了："李可可？你是说当编辑那个李可可？小矮个？满脸雀斑？塌鼻梁那个？”黎小青的脸顿时耷拉下来：“说谁呢说谁呢？李可可是你说那模样吗？”

大大咧咧的马一一想了半天：“是吧？就是那个喜欢穿棉布衣服的李可可吧？”黎小青就不言语了。

黎小青开始不大看得上大大咧咧的马一一，直到马一一大大咧咧一拍他肩膀，说：“拍拍你的肩你就会听我的安排。”黎小青被气笑了，他喜欢高大女孩的拍打。

马一一小有名气，外人看着，配黎小青绰绰有余，但黎小青打小心理有点失衡的习惯，人家越说合适，越说他配不上女方，他就越使劲挑马一一毛病。马一一个儿高，他就说马一一你看你腿短腰长；马一一头发不多，他就说马一一你看你都谢顶了；马一一喜欢化妆，他就说马一一今儿晚上又上哪儿演出去呀？偏偏马一一心态健康，听完就乐，还说你这孩子说话真逗。

黎小青喜欢马一一有幽默感，又是个认准了主儿不轻易放弃的人，心里满足，但不能太让她得意。这一次的恋爱与以往不同，人们看见黎小青搂着马一一的肩膀——踮着脚尖，使劲够着，真让人替他难受。他们俩很高兴。

但圣人说，狼行千里吃肉，狗行千里吃屎。黎小青也改不了偷鸡摸狗的习惯。趁着马一一忙的时候，他时常向年轻女孩漏电。头半年，还能坚持不涉及下半身安全，但当与马一一感慨：“一一，我从来没跟一个女孩在一起两年时间”，而马一一的反应是媚眼如丝后，他就偷偷把女孩往家里领了。

反正马一一不爱收拾屋子，也看不出什么蛛丝马迹。每次作案完毕，黎小青会小心地把头发之类乱七八糟的遗留物扔掉。得手几次后，他有点欺负马一一的没心没肺，连收拾都懒了。

当马一一举着一根染成黄色的头发质问他时，他还打岔：“你自己头发那么黄，还问我？”马一一把手指慢慢张开，阳光下，那根黄头发与灰尘一同落到不知道哪儿的地方去了。马一一看着他，目光里充满了诧异：“小青，你以为我真的傻到家了吗？你是不是有点欺人太甚了呢？”

马一一坐到床沿上，“黎小青，床是我买的，所有的枕头被子也是我买的，你用来跟别人睡觉的时候没冻着吧？”

他们住在七楼，窗外是冬天，寒风吹过，像某种野兽在嚎叫。

马一一背过身，沉默不语地收拾东西，背影像生铁一样冷硬，黎小青的心嘎嘣一声疼了起来，他不能想象喜欢插科打诨的马一一就此自他生命中消失，他想：我这是为什么呢？

“马一一！”他一贯连名带姓地叫马一一，“马一一，我不是故意的。”

“我是故意的。”马一一讽刺地笑。

“一一，”他改口了，声音无比柔软，“我和那些人在一起的时候，心里始终想的是你，我眼前就好像是你。我每次都告诉自己，你是无可替代的，那些女人，她们只不过……”他想着恰当的词。

马一一冷静正常地看着他，接上去："她们只不过是你试练我在你心中是否重要的工具而已。"

黎小青一连串地"对对对"。

马一一停了手，走近黎小青，捧起他清秀的小小的脸，仔细端详着。然后，突然发力，把黎小青推倒在地，一脚踹了上去。

黎小青惊异地看着马一一的一举一动，发不出声。

马一一将大包装袋打了个结，往肩膀上一背，大步流星向门口走去。

黎小青崩溃地喊："马一一，我们结婚吧。"

马一一已经拉开了门，寒风吹了进来。马一一的话和风一样冷："结个屁。"

马一一头也不回地走了，黎小青面对朋友的关切，却还是一副吃定马一一的口气："她过不了两天就得回来。"

他的眼睛不停地眨着，就像马一一走的那天，那阵风还在从他面颊吹过。

后来，他见到了李可可。

李可可与高文轩经过多年恋爱长跑，终于不出意料地分手了。当咖啡厅里，黎小青与少年时期的梦中情人距离不到两尺时，他才发现，原来爱穿棉布衣服的李可可，真的是小矮个，满脸雀斑，塌鼻梁。

早晨，他客气地请李可可先用洗手间。他躺在马一一买的被窝里，突然看见床头柜上马一一忘记带走的香水：GUCCI 的 ENVY。他想起马一一总是一脸无辜地说："我妒忌李可可？开什么玩笑？"

与李可可在洗手间门口擦肩而过，李可可笑得有点不好意思。他伸手抱了她一下。

李可可个子比黎小青矮，他环抱的手，顺势在李可可肩上拍了一下。

他想起马一一说：“拍拍你的肩你就会听我的安排。”

他看着镜中的自己，想起长相与自己相似的马一一，高高个儿的马一一，喜欢把他的脑袋夹在胳肢窝下的马一一。

李可可要去上班了，在门口，回头小声问：“晚上，你干吗？”

黎小青的声音拒人千里之外：“有点事儿，再联系吧。”

出租车上，黎小青听见马一一在交通台里亲切地说：“积雪还没有完全融化，所以请司机师傅一定要注意路滑的状况，以免发生交通事故。好，下面我们来听一首田震的歌，《野花》，拍拍我的肩我就会听你的安排。”

车停在写字楼门口，黎小青推门下车，一个趔趄，消失在司机师傅视线中。

摔得不疼，但黎小青热泪盈眶。

司机莫名其妙地四下找了找，只看见后窗玻璃上，歪歪扭扭地写着三个字：“马一一”。

真情流露

去斌斌家那个晚上，他喝醉了，我没有。

那天晚上太高兴了，很多好朋友，讲笑话，谈爱情，喝酒，跳舞，斌斌那么好看的人，很多女孩跳到他身边去，跳得很疯，身体紧紧粘着，看不到缝隙。很多女孩，轮流黏着。

我在吧台喝可乐，远远地看着。我不知道自己脸上的表情。

小宁问："你为什么不过去跳？"

我只是笑着摇摇头，继续保持我的清醒。

我不要是那么多女孩中的一个。

可是，斌斌有没有后悔？晚饭时我刚一见他，就悄悄问："今天我去你那里方不方便？"

他微笑着，并不看我，一边伸筷子夹菜，一边说"没什么不方便"。

这话十分暧昧，他为什么不直说"方便"？我不觉得自己受欢迎，可这也确实不是拒绝。

我在旁边想了片刻，就兴高采烈地把它当作肯定的答复。

所以现在任谁黏着他，我自岿然不动。

但我不希望他后悔，如果这些女孩子里有他喜欢的，我不愿意坏他的好事。我真不是那么有所谓的，和他回不回家，或者说，和别的什么人回不回家，都无所谓的。

音乐很强，跳舞的人越来越癫狂，可乐越喝越冷。我把目光挪开，看着电视屏幕里的《猫和老鼠》，想：我为什么要喜欢他？

喜欢他的女孩太多，有一个共性：年轻貌美。我不年轻，也不自认为美。我和那些女孩没有相似之处。

斌斌是一支时下正红的乐队的键盘手。第一次看到他，是在小宁办公室的墙上，一张一比一的巨大海报。我那天心情不好，就分别站在那些漂亮男孩前面比试，一边问小宁："哪个更合适一点？"

小宁问："你觉得呢？"

我指着最左边那个最漂亮的："他。"

小宁伸出大拇指："好眼光，赞。"

那就是斌斌。

小宁后来为我们制造了很多机会，多得再蠢的人也能看出用心，再不会说话的人也熟稔了。

开始是打着上我们节目的旗号，上完一次再上一次，再上一次，后来实在不好意思再上了，我就说："他那么讨喜一张脸，不如来试试镜，看能不能做我们的主持人。”

但那次他迟到了。我很生气，约他试镜是想制造再见面的机会，但也还有一半是公事，他居然迟到?

我根本不看他，只一味拉长着脸忙别的事情。还是小宁急了：“你以为斌斌是无业游民吗？他是有工作的，为你们节目他请了多少回假了？你还生气?！”

“啊？”我这才抬起迷蒙双眼，“他有另外的工作？”

“人家也是白领来着。”

太意外了。我要是有这种皮囊，每天只研究吃喝玩乐。这个意外令我对他的好感增加了十倍不止。

但他不适合做主持人，他太随和太松弛了，而再放松再亲切的主持人，相较普通人，还是要多一点做作。

他也无所谓，依然等到最后拉我和小宁去吃饭。到了地方我才发现，乐队的人都在。从那天开始。他责无旁贷地坐在我身边。

这种关系不算短了。但是，我从来没说过什么，他也没有。我不去看他们排练，他也不邀请我。只是吃吃饭，打打球，然后例行送我回家，在车上东拉西扯，到地儿下车，他挥个手，就开着那辆很老的“桑塔纳”走了。乐队的男孩子都有女朋友，一个比一个漂亮，一次比一次漂亮，我混杂其中，无论如何，看上去都像是颗混沌的鱼眼睛。

今天我想跟他回家，也是一时冲动。不知为什么，今天从起床起，我的心情就极度不好，心情极度不好的时候，我就会主动去做一些挑战性的事。

终于散了。那些女孩跳得瘫了下来，斌斌也疲态毕露。他大睁着眼睛四下找我。还好他没有忘了我，我不至于太尴尬。

天已经蒙蒙亮了，像有雾气，街道发出淡蓝色的光。他开得很快，一直不说话。

“要不要我来开？”

他笑，但已经笑不动了，只嘴角一撇：“不用。”

他住在二楼，楼道很宽，我跟在他身后。不知道为什么，悔意开始侵蚀我。

他回手拉住我，漫不经心地。

我最喜欢他的手，白皙修长，很暖，任何我不喜欢的事，他一拉我，我就觉得，嗯，可以接受。

他的家是典型单身汉的家，凌乱，但不脏，墙上有他画的画儿，桌上有相框，里面是他和一个女孩子在高速路中间大笑。

小宁告诉过我，他刚失恋。

不知道小宁有没有告诉他，我刚失恋。

那个女孩子小有名气，演过几部古装片的女二号。我不知道他们为什么分手，他从来也没在我面前提起，就像我也对过去紧咬牙关一样。

他问：“累吧？”

然后拉着我的手到洗手间，我们一起洗漱。

我问："你今天上班吗？"

他嘴里有牙膏，"嗯"了一声，乌里乌突地说："十点就要走。"

我有点窘，那我怎么办？

他接着说："下午三四点就能回来，你等我吧。"

我也不知道为什么摇了摇头，说："可我下午有事。"

然后，回到屋里，我们甚有默契地互相拥抱，随即做爱。这是我们之间的第一次，不知道怎么居然熟门熟路，可能因为太累了，只拣最顺手方便的来。

我们甚至没有交谈，他睡着前说了一句："你要是走，把门撞上就行了。"

我睡得并不好，因为觉得自己做了一件顶没有意义的事。

他起床的时候，我有微微的醒。我听见他慢条斯理地洗漱，然后就出门了。我是一个感觉灵敏的人，但我觉得他没有看我一眼。

门撞上那一刻，我睁开眼。是个阴天。

外面有棵树，树枝离窗户很近。窗是开着的，纱窗洗得很干净，我闻见雨前的湿润味道。

我拿起他和她的合影。那是一个晴朗的早晨，高速路上前后都望不见车。他们穿的是情侣装，是什么样的高兴事，能把两个人笑得完全不注意观感？比如，我的观感。

我心里有瞬间的嫉妒。我印象里，他只微笑，从来不放声大笑。

我焦躁起来，想抽烟。但找了一圈，屋里并没有烟灰缸。耸起鼻子闻了闻，他的屋里没有烟味，不仅没有烟味，什么味都没有。

她在的时候呢？女人都有自己的一种味道。

相框上有灰。我没有帮他擦干净，我去洗了手。

他还没适应没有她的生活吧？

我家里已经没有他的照片了。以前是有的，但一分手，就迅速不见了。

现在我才想起，我与以前那个人，竟然没有一张合影。

不知道为什么，那个阴天的上午，我坐在斌斌的床沿，心情灰暗到极点。

我想我不会再找他了。

因为我突然发现，我对他的感情并不如我想象中那样不明不白，那张照片让我看到自己不死的心鲜明地跳动。所以，我不愿意把彼此当作过渡期。

洗手间里没有香水。那个女孩子离开得很彻底，我不相信是斌斌把她的东西扔掉。

我每天都喷香水，随身带着一支小型装的“真情流露”。

我其实舍不得，斌斌的随和让我度过最难挨的日子，他永远淡淡地笑，不多话，不插嘴。那样好脾气的好人。

可是，我想起昨晚，越想越觉得失败。那样一个无所谓的平淡的晚上。

我站在窗前，莫名其妙地真情流露起来。听见自己在哭。

我不能接受暧昧的生活。我看不得我的，也看不得他的。

我决心从此消失。

他会记得我吗？他会费事去找我吗？

我很想留下什么纪念，但是什么都没有。我不是有备而来，我没那种心机。

我站了很久。然后，取出那支“真情流露”，喷在他的纱窗上。

如果有风，透过纱窗吹进来的时候，他会记起若有似无的我的味道吧。

我哭了一会儿，听得楼道里安安静静，就像个贼一样溜走了。

那天晚上，我临时回台里帮同事编片子，那么巧，他们拍了斌斌以前的女朋友。

那女孩子在谈爱情。像所有演艺圈里的新星一样，她无辜地双手一摊，眼珠一转说：“没有啊，没有恋爱。”

记者问：“以前呢？有没有难忘的爱情？”

女孩子眼睛很大，黑白分明，说：“初恋都很难忘。我在念书的时候……”

那是假的，明显是假的，我听过几百个小星星这样说：“我在念书的时候……”即使是真的，她说的也不是斌斌。

我突然想，如果那是我，我愿意瞬间真情流露，我喜欢那个男孩，他有一双修长白皙的手，他非常温和……

窗外雷电交加，我在机房里呆呆的。

谁知马上就有了一个换工作的机会，我迅速地离开了北京，在新加坡一待两个月。手机停掉了，只有最熟悉的人才知道我去了哪里。他是我最熟悉的人吗？不，不是。

两个月。秋天过去了。我一个人。

在新加坡没有朋友，我不打电话寻找乡情，只在酒店里看电视。我曾在电视节目里看到斌斌他们乐队在国内的演出，接受采访，他们的VIDEO。就觉得我们之间的距离其实一直没有变化，就那样不远不近，北京到新加坡，远吗？

回来的时候请小宁来接，电话里小宁说："20号？那不是你生日吗？28岁了吧？要什么礼物？"

我咬牙切齿地说："要男人。"

谁知一出来，第一眼就看见斌斌，他就站在人群的第一个。

看见他，心里突然很委屈。

他还是那样帅气，温和地笑着。我问："小宁有事？"

他说："没有。"

我有点窘。

隔一会儿他又说："她说让我来送礼物。"

我的脸烫了起来，突然生气了："也许我想要件新礼物。"

我和他走去取车，拉开门，副座上摆着一个扎得很漂亮的礼品盒，我突然慌起来，想自己也许是会错意了。拿起来，要放到后座去，他说："你拆开吧。"

我就拆开了。

那是一支“真情流露”。我看见那胖胖的瓶子，嘴唇形状的盖子，就呆了。

他一边开车一边说话，口气里有埋怨：“也不知道是什么牌子的香水呢，你知道我在商场的化妆品专柜一家一家地试啊找啊……”

为什么呢？为什么要这么做呢？

他说：“那天下那么大的雨，我回到家，屋子都被水淹了，你是个什么人啊，居然不替我关窗……”

我就那样傻笑地听着。

“我简直要气疯了，从来也没遇见过你这样自私的女人，我对你不够好吗？……”

很啰嗦啊。

他直视前方：“居然还玩消失这一套！是不是身处异地的时候觉得自己很酷啊？很自怜啊？谁同情你呢？”

他瞪着我，我不知道该怎么反应，也只好回瞪着他。

我们瞪了一会儿，他突然叹了口气。

“哎，可是不知道为什么，有时候一个人在家，想起你闷声不响的样子，就觉得你好像在旁边似的，就想起你身上一直有的那种味道，就有一瞬间觉得你就在身边，再仔细闻一闻，又没有。真是怪事，那似乎是思念呢。”

他又瞪了我一眼：“所以我想，我是真的喜欢你吧。”

我用手捂住了胸口，感谢老天，那一天那一场雨，洗掉了我做作的动作，他到底有没有发现那个秘密，他的那扇窗，是否还留有真情流露的味道？

“还有，这么俗气的名字，真情流露，你随身总揣着这样一瓶香水吗？走到哪儿流露到哪儿吗？”

我不分辩。我沉浸在他对我的教训里，那种与前不同的亲密在老旧的车子里暧昧的荡漾。

真情流露的时候，都是有点贱贱的。

愿一切安好，往事不回头

一张照片/问答/佳期/袋子/报应/他爱她/花开四朵

一张照片

我得承认，亚梨现在确实漂亮得惊人。

当然，那是跟她自己比，惊的也是她自己。

一般而言，朋友来了家里都要看相册，找到高中的毕业合照以后就问：“亚梨呢？亚梨在哪里？你们不是一个班的？”

我看不到亚梨用目光的阻止，随便一指，然后不出所料听到惊叹：“啊，有没有搞错？这是亚梨？”亚梨就在旁边“哼哼”两声。

照片上的亚梨，苦着一张脸，厚厚的黄白框近视镜，一圈圈的，显得眼睛更小，皮肤是黑的，牙碜的黑，塌鼻梁，薄嘴唇，胖，所以显得高大健硕。

亚梨的相册里就没有以前的照片。也许是有的，不过那必是一本秘不示人的。大一前的暑假她忙坏了，迅速去做了整容手术，其实没有大动干戈，不过做了双眼皮，激光矫正视力，瘦身抽脂，不再对粗硬的头发置之不理，请人设计出很适合的发型来，皮肤仍然黑，但不见了牙碜——就全变了。

现在亚梨粗粗可算是美女，如果化了妆，在晚上，甚至偶然一回眸艳光四射。

现在我们已经不同住了。刚工作的时候两人境况都不好，合租了两室无厅的旧房子。那时她经常漫不经心地说：“还留着那张毕业照吗？我都扔在父母家了。”

我不是不明白她的意思，但想没什么所谓吧，第一整容可耻吗？第二整容说明什么问题？是骡子是马生出来看看。

友光就说：“你这张嘴，一定要遭报应的。”

但他不就是为了我妙趣横生一张嘴而深深爱上我？

念书时亚梨一直比我功课好，师长们全拿她来压我。其实我不见得不用功，但我不喜欢用功给人看见，而且，我长得吊儿郎当，她那么一副学究的样子，自然比我吃香。

以上都是自辩之词，我确实没有亚梨努力，我把少女时光全用来谈恋爱了。

亚梨的努力白费了，她的成绩与我相去不远，念的大学都够烂的，而且两所学校离得很近，没事就互相走动。她那时已经漂亮了，但仍然不肯动谈恋爱的心思，静静地做个好听众，那四年光阴没少容纳我倾倒的感情垃圾。我与她的学长友光的恋爱，她见证了全程。

我不是圣女，但仍没有跟友光同居，我选择与亚梨同居。友光经常来我处玩，有时天色太晚，自然也就住下。我对亚梨说：“男的来我处，可以，因为能随时请他滚蛋；我去男人处，不可，因为怕随时被人请滚蛋。”

亚梨就皱着眉头说：“有那么严重吗？别人信不过，友光你也信不过？”

“难道他不是男人？”

“你到底吃过男人什么亏竟这样提防？没听你说过啊。”

“就是不想吃他们的亏，不能开这个先例，否则以后还刹不住了。我宁可吃女人的亏。”

亚梨呵呵笑起来，拍着我的肩：“你说的哦。”

我与亚梨的同居基本上是愉快的，她其实除了念书其他统统与白痴无异，饭是我做碗是我洗房间是我打扫，亚梨充其量陪我去买买菜。她常抱歉地问：“你会不会嫌弃我？”

当然不会，我最多只当我自己住。亚梨最好的是安静，不会叽叽呱呱跟我抢话说。我活干多点，她总不好意思不听我讲话。

一切是我不对。

我爱上了文轩。

而且，我没有告诉友光。

就是说，我和他们同时交往着。

这不是便宜事，非常痛苦。一方面承受着道德审判，一方面又两边割舍不下。很多次，面对文轩或友光，我都是背负着必分的决心而去，但之后两人的好处都让我怎么背去怎么背回。

亚梨也不知道该怎样选择。听众其实都是不知道的，他们左右不过是跟着剧情发展往下看热闹而已。

中间我哭过很多次。虽然白天享受双份的爱情，但夜幕低垂，良心的谴责让我情何以堪。

亚梨在思忖时，面皮有了浓重的黑，像一种据说很甜的梨。

文轩是她的老板。

我总在找亚梨的时候遇见喜欢的人，我想我多少令她有压力，尤其这次，文轩与她又是上下级关系。她当然不会轻率以为因着我的缘故，文轩会对她照顾。这种三角关系一旦崩溃，三方都不会有好结果，她说，她才担心文轩会在那一日对她下狠手呢。

我深觉对不起亚梨。

友光在明，文轩在暗，他知道我与友光的关系。他什么都不说。

三角恋不易谈，中间亚梨帮我撒过不少谎。

“亚梨，这哪里是三角恋？明明是三角债。”

亚梨不笑：“这时候你还贫得出来？”

终于她决定搬走。临走前一晚，我去买了很多包装箱来帮她装行李。亚梨问：“这房子你准备再找人合住还是自己住？还是和友光住？”

“自己住吧。”

“我不在这碍你们的事了，他为什么不过来？”

“要是分手了呢？现在看，极有可能啊。”

“你还是喜欢文轩多一点？”

“不知道，反正我不喜欢自己，要不然能这样折磨自己？”

亚梨一甩手：“得了吧你。你这个人啊，就是这样不好，什么都要占着。”

我不以为忤：“你呢亚梨，你怎么还不谈恋爱？你喜欢什么样的人？”

她抬起头，深深看了我一眼，然后哈哈大笑地说：“不喜欢你的人。”

我就伸手去打她。

谁知搬家只是第一步。搬了没多久，亚梨还没请我去参观新居，就向文轩递了辞职信。文轩很爽快地批了，我问：“亚梨在你公司里竟那样不重要？”

文轩说：“做行政的人大把，亚梨并不是把心思尽数放在工作上的人。”

“那放在哪里？”

“女人的心思，不都放在相互倾轧上吗？”

我笑：“你不了解亚梨，她很忠厚。”

“是吗？你怎知？”

我做出无所不知的样子。

“你真的了解亚梨吗？”文轩有点轻蔑地笑。

亚梨这一走，竟从此生分了。打电话约她吃饭，10 次能出来 3 次。我抱怨：“亚梨亚梨，你越来越不重视我。”亚梨在电话那头不说话。

我灵光乱闪："你是不是恋爱了？"

亚梨轻轻笑说："我跟你不一样，我不是重色轻友的人。"

我只好很闷地放下电话。

友光最近留下的时候越来越多。他总是喝了酒才能睡着，我就在旁边发呆，纯发呆，我管这个叫发"清"呆，就跟喝"清"咖一个道理。我不敢打电话，发短信，甚至上网，我怕蛛丝马迹透出我的脚踩两条船来。

但脚踩两条船真是很辛苦啊。每次文轩带我去些高雅的去处吃饭，我一边享受一边想的却是：这等好地方，下次一定要带友光来开开眼。

我爱他们两个。

有时候我想：如果友光知道我与文轩的事，他能表现得像文轩一样平和吗？

但文轩真的平和吗？他能忍受多久？我何苦这样考验他？

比如今晚，他们两个都说有事，不能陪我吃晚饭。我一个人去逛街，然后一个人去吃回转寿司。

一进门就看见亚梨的背影。

"亚梨。"我高声叫她。她吃惊地回过头，见是我，平淡地笑，"我怎么就不动动脑子，这儿离你办公室近，多半会遇见你呢？"

"遇见我不好吗？"我指着她面前堆的盘子，"吃这么多？你怎么了？"

亚梨仍然笑，不吭气。

我沉不住气："亚梨，为什么宁肯一个人吃饭，也不找我？"

亚梨不动声色地反问："你怎知我一个人吃饭？"

我大惊："亚梨，我们这样好，你有男朋友都不知会我。"

"我又在何时说我有了男朋友？你总是这样夸张，满脸跑眉毛，神经病似的，那两个男人怎样忍受你的？"

正说着，身边站了个黑乎乎的影子，亚梨端正的身板立即更加端正，眼观鼻鼻观心地说："李健，小尤。"

我张大了嘴："这个这个这个……"那个叫李健的人就伸出巨人般的灵掌与我握。

李健长得很粗，一副满脸堆笑的样子，对亚梨很宠，先走为上先干为敬一切你先你先你先。我很熟地说："李健你是亚梨的初恋呢。"

亚梨脸色一沉，李健又惊异又得意的笑容闪电般出现又收回，有点滑稽。

他打岔问："尤小姐，你是做什么的呢？"

我睁大眼睛："亚梨，你都没跟李健提起过我吗？"

亚梨突然很不耐烦："我为什么要在男朋友面前提你？"

倒真把我问住了。亚梨从来也没有情绪化，这个这个这个。我看着李健，这个粗人竟一脸欣赏至极的表情看着亚梨，仿佛她的伶牙俐齿间留着他的誓言。

接下来亚梨若无其事地问："你怎么样？和友光？"

“还好，你知道……”

她打断我：“丑话说前头，不要跟我说太多噢，水壶也有撑爆的一天。”

这一顿饭吃得唇枪舌剑莫名其妙，但我依然欢天喜地，毕竟那样久没见她，我拉住她说：“回咱家去坐坐。”

亚梨看看我，叹口气说：“好吧。”我立时跳着脚拉她走，李健就挽着亚梨的包跟在后面，我看得很嫉妒，很想把自己的包也扔给他拎着。

亚梨在屋里转了一个圈，又到洗手间看了看，探出头问：“友光常住在这里吗？”

“嗯”。

“文轩呢？”她大咧咧的，并不避讳李健。

李健有点束手束脚，看见摆在书架上的相册，随手想翻。亚梨劈手夺过去：“你怎么这样？怎么不经人允许就翻东西？”

“没关系，没关系。”我一边倒茶一边笑着说。

但亚梨脸黑得要命，在她的怒视下，李健那样高大一个人，几乎要缩成皱皱巴巴的一团。

我看着不忍，开玩笑圆场：“亚梨，你脾气也忒大了，真是一物降一物。”

亚梨不自禁地“哼”一声：“自然不比你，你是一物降两物。”

没法再插嘴了。

亚梨和李健走后，我想着我的“两物”，一股热辣的羞愧从心底升起，直涌两腮。

隔了几天，如鲠在喉的我又觍着脸给亚梨打电话："到底发生了什么事？"

"什么事啊？"她笑呵呵的，似乎真的没什么事。

"我觉得，你对我，大不如前。"我嗫嚅。

亚梨朗声大笑，笑够了才问："你觉得李健如何？"

"尚可，"她肯问我，让我受宠若惊，"不过，似乎配你不上。"

"那自然，所以才对我倍加呵护。"

"你不委屈吗？"

"不会比与你在一起委屈。"她的大笑像笑中带泪似的，"我早年间说过，要找一个不喜欢你的人，李健最大的好处就是不喜欢你，我把你的故事说与他听，他说你水性杨花应遭世人唾弃。"

我居然不知道糟改着我，能令他们感情大增，也许，是时候与亚梨各走各路了。

临挂电话，亚梨说："还在犹豫不知选哪一个？我来帮你哈哈哈……"暗含着股狰狞劲，不不不，这不是我所认识的亚梨。

3 个月后，亚梨的喜帖放在我办公桌上，大红的，里面还贴着她与李健的婚纱照。

同事从旁边走过，看到我呆呆的脸，不禁探头过来，拿起喜帖端详一会儿说："新娘子还挺漂亮。怎么了小尤，旧情人结婚，新娘不是你？"

"吹牛逼呢，"我定了定神，"新娘是我的中学同学。"

同事"哟"了一声说："还真念旧。"

果然念旧。喜帖上写着：敬请小尤、文轩光临。

还有一张：敬请小尤、友光光临。

我有没有忘了说，友光收到了前一张，文轩受到了后一张？

我到底做错了什么，亚梨？我不敢问她。我怕我真的做错但不自知，我怕这时候才知道自己是一个无意间大咧咧伤害别人，还得意扬扬地讨厌的人，我怕她告诉我，我是。

我甚至不恨她。我自己做错的，自己承担。也许很多年过去后，回想起没脸面对所有人的尴尬情状，我会谢谢是亚梨的倒戈，令这条错误的战线没有拉得更长。

友光于这件事的反应，我不想提起，甚至不想想起。

但文轩说："有些话，这时候说也不妨。每人都有从前，不愿提的，不愿想的，你这样无遮无拦的人，迟早会吃大亏。亚梨不是你想象中的那种憨厚的人，真憨厚的人是你，自此你去吧，我不能陪你左右，你改改那些毛病，我也能安心。"

很对。因为已经到了最坏，我反而坦然。我愿意与文轩继续做朋友，而友光如果不愿再见到我，也随他的便。从此，我要生活中只有干干净净的关系。

而亚梨的婚礼，我当然去了。那天下雨，亚梨忙忙叨叨地招呼着，浓妆下渗出细密的汗。李健更是要命，所有的红包接过来直接塞进裤兜里，鼓鼓囊囊像穿了八条四角内裤。亚梨的婚纱上沾了泥，但据说婚礼下雨，代表新娘厉害。

我们一直没有交谈的机会。她不是不避我的。

宴席过后，告辞之前，是与新郎新娘合影时间，我大方地上前。

“祝福你。”我说。

她的脸红了一红，想半晌又不示弱：“依你的脾气，我以为你会说婚礼下雨可不是好兆头，以后有你惨的。”

我平静地迎视她的目光，平静得显出了不平静：“为什么呀？亚梨？到底是为什么？”

亚梨的妆残了，面目模糊像个疲倦的戏子：“小尤，你总是这么得意扬扬，又是为什么呀？

你天生就是美的，你就是要跟人爱来爱去，为什么你占尽便宜而不受惩罚？”

她挺挺胸，似乎这样说出来的话会更有理也更有力：“我忘了告诉你，其实我顶爱做家务，从前与你同住不肯做，因为要听你的垃圾太多，你做家务是我听你絮叨的代价。”

“你一直讨厌我吗，亚梨？为什么勉强自己和不喜欢的人做朋友？如果是我，我绝做不到，我会觉得难受。”

“我讨厌你。看你能有多讨厌。你那样深谙伤害人之道，不加掩饰……”

“那张毕业照，你搬走后，我就撕掉了。你担心个什么呢？”我打断了她，恶毒的话少一点比较好。

亚梨的脸瞬间涨得通红，白色的蜜粉下还透出青黑色。

她几乎嚷了起来：“你会主动想到那样做吗？”

“不会。是文轩提醒我撕掉的。”

所有客人的目光聚在我们两个身上。亚梨在长久的沉默后，只说了两个字：“Too late”。

太晚了，憎恨才是真相，想要忏悔却太晚了。错了就错了。

问答

亚亚会在每周四的黄昏准时下楼，摇摇晃晃地走到离家最近的报摊上，掏出一大堆碎钱，买一份《星周刊》。

摊主老大爷慢慢认识她了，就说：“小姐你不如订一份吧，一年 52 期，都给你送到家里，省得你哪天要是来晚了，就买不到了。”

亚亚就会天真地一笑，不声不响地转身走了。有时候伸手打辆车不知道去了哪里，有时候就沿着胡同走回去。

亚亚住在胡同紧里边的小楼里。那几栋灰色的小楼共用一个大铁门，每天都有人骑自行车路过，亚亚能从窗户看见。路过的人少，很少会有谁摁对讲机，胡同很安静，院里也很安静。

亚亚住在这儿快半年了。半年前，张童打车把她送来。张童没开车，那辆墨绿色的“大奔”，亚亚想，跟她在一起的时候，他总是很机警。张童陪她上了楼，用钥匙开了门，顺手塞进她手里，说：“别丢了。”亚亚仰头纯真地看看他，他的余光瞥见，就匆匆在她头上一吻。

屋里布置得很好。亚亚的梦想，也不过就是住在这样的房子里吧，复式，上面是卧室，亚亚高兴地光着脚在屋里跑来跑去，因为兴奋而叫不出声，就那样无声地跑着。张童站在门边看了她一会儿，就抱着她上楼了。那天是阴天，到处是灰的，过程中某一秒，亚亚望向张童的身后，窗外的杨树枝上有一片很小的叶子，已经干了，也是灰的。

从此，亚亚在北京就有了一个住的地方，别人都找不到她。

亚亚每天都会打扫房间，她希望张童来的时候，看见她过得井井有条，井井有条然后等着他来，如同被临幸。张童每天都会来，哪怕只待十分钟，哪怕就亲亲她的头。他们俩不怎么说话，他不知道跟她说什么，亚亚太小了，只有十九岁，刚刚来到北京。亚亚也不知道自己来干吗，只知道既然已经成人，就应该到北京来，北京的某处，肯定有一个人会接收她，照顾她，她是一点都不担心地来的。

张童并不老，刚刚过完三十岁生日。但他结婚已经四年了，从事着一份这个年龄不可想象的高职，他不介意别人说他是沾了老婆的光。他很少见到他的丈人，因为老头为了“大家”必须舍“小家”，他也和别人一样，经常在新闻里看见尊敬的丈人。

张童跟老婆是同学，恋爱过的，但不是很剧烈。他很帅，是学校里最帅的男生，就因为这个，他进了豪门。所以，亚亚知道他不可能为自己离婚，这太可笑了，他这辈子根本就不可能为任何人离婚。亚亚知道自己是干什么的。

但她还是抑制不住地想，那可笑的事情什么时候会发生呢？

她也想，张童又爱自己什么呢？听话？漂亮？简单？年轻？这都算不上什么理由。她知道自己生得美，可这美过些年，就算比别人都迟些，过好些年，也就不见了，那时候，马路上随随便便这样的女孩子，仔细些还是能被张童挑出来的。

亚亚看《星周刊》，因为她总是给一一写信。一一是本市女性人所共知的知心大姐，一一信箱是很多人的情感投诉站。她每周会在读者来信中拣一封出来，回信指导这个可怜的女人如何赢得男人的心，如果赢得不了，就赢得一颗不屈服的心。一一言辞犀利，吸引的不仅是女读者眼光，男性把她当公敌一样来恨，她经常说一些诸如"让你的男人吃屎去吧"这类无厘头的话，但没办法，女性把她奉若神灵。讨厌。

可惜的是，一一总是拣不中亚亚的信，亚亚每次都会拣漂亮的有香气的信纸，叠得巧心思，她不知道一一一看见这样的信就扔掉。亚亚总会想，一一是个什么样的女人？她应该整天一肚子气吧？要不然，怎么能在回信中把男人骂得猪狗不如。可是，她自己不向往男人吗？什么样的男人才能入她的法眼呢？

后来，亚亚放弃了被拣中的梦想，就像张童不会离了婚娶她一样，

——也不会给她回信，这都是命定的。她觉得自己就是运气不好。

亚亚时常趴在窗户前看外面，渐渐她发现，这楼里住了好几个自己这样的女孩。她们很相似，都有白皙的皮肤，很大的眼睛，不盈一握的腰，不同的是，有些女孩的胸部很大，亚亚有时会在楼道里碰见一个两个，她就自惭形秽地躲在楼道一边，请别人先走。小明说她就是一个尚未摆脱青春期忧郁的小孩。

小明是亚亚有限的朋友中的一个，她比亚亚大四岁，是一个杂志社的图片编辑。亚亚刚来北京的时候，小明的杂志曾给她拍过一组运动系列的内页，就一直没断了来往。亚亚跟了张童，也没跟谁商量，小明见过几次，也没像一般人一样大惊小怪。这样一来，反倒令亚亚愿意与她亲近。亚亚的家是不让外人来的，张童没有限制她，是她自己不愿意。

小明忙起来的时候是真忙，但闲下来就会闲得要死，亚亚时常与她一起逛街，吃饭。小明自己也做服装指导，所以总给亚亚建议，买的衣服不大便宜，但张童并没有不高兴，亚亚总觉得欠他的，不敢多花，小明却说：“是他赚，是你赔，你一定要记清楚。”亚亚就沉默地笑。

张童这两天都没来，亚亚忍不住，在白天打了个电话给他。她不敢晚上打，怕他妻子怀疑。他说：“这两天忙，过两天去看你，你自己好好的。”话说得匆忙，倒也没什么可争的。亚亚躺在床上想，自己还有什么不满意的呢？做一个好的情人，是不该提太多要求的。她看见窗外的杨树枝上，已经一片叶子都没有了。打开最新的《星周刊》，一一说：“不要爱男人，只要享受男人，他们是公的。”亚亚想到自己和张童，张童身体极好，但亚亚还是个小孩子，虽然很努力地配合，但实际上她一点也不觉得性有什么可享受的，她一直是痛苦的，但是她不敢告诉他，也不敢告诉小明，但她告诉过一一，可一一没理她。亚亚想着想着，眼泪流了一枕，有些就干在脸上了。

那天晚上，亚亚发起烧来。因为不敢在晚上找张童，她只得给小明打了个电话。小明正在拍大片，三个小时以后才结束。当她进了门，来不及欣赏这漂亮大屋的装修，就把亚亚裹进大衣，送到医院。

打完点滴，在回来的出租车上，小明才说：“你怕什么呢？你为什么不找他？”亚亚说：“我不敢。”小明问：“有什么不敢的？他得为你负责。”亚亚不明白：“他为什么要为我负责？”

那天晚上小明一直陪着她。亚亚觉得睡了很长一觉，汗湿透了被子，终于惊醒了，看见小明正在灯下看《星周刊》。亚亚问：“小明，几点了你还不睡？”小明见她要起身，连忙跑过来，一边嚷着“得了得了躺着吧”。

小明坐在床边跟她聊了会儿天：“你喜欢看《星周刊》？我看你家里一期没落。”

亚亚点了点头：“我喜欢一一。”

“啊，是吗？”亚亚笑起来：“你喜欢她什么？那个泼妇。”倒不是讽刺，透着种亲昵。

“你认识她吗？”

“是啊。我认识她很久了，她是个有意思的人。”

“我给她写信，写过很多。”

小明很惊讶：“是吗？你为什么要给她写信？”说到这儿，马上明白了，拍拍亚亚的头说：“你真逗，你以为她会去一封封地看读者来信吗？她是个懒家伙，每次只抽几封罢了，在这几封里再找一个回。”

亚亚说：“我知道我没希望。”

小明很仗义：“你想跟她聊聊吗？我可以介绍你们认识，她是容易交往的人。”

亚亚有点憧憬，想一想甚至有点紧张，满意地睡了。

亚亚醒来的时候小明已经走了，她摸摸头，不烧了，只是浑身没有一点劲儿。

终于还是给张童拨了个电话，张童听到她病，关切地说：“我今天一定会去看你。”

下午他来了。亚亚披着被子从窗户看见。张童颀长的身影出现在院里的时候，不自禁地往楼上看了一眼，亚亚冲他摇摇手。他显然是看见了，但是没有表情。亚亚想：他真是小心啊，生怕会被别的住户看到吧。

张童一直待到十点才走，看得出他不是不愧疚的。亚亚觉得他与平日有些不同，但是哪里不同，亚亚又不懂得，只知道被他抱着，就很幸福。后来张童还是跟她做爱了，虽然一边关切地问“你身体行吗？”亚亚觉得不行也得行，她想让张童满意是自己的义务。

临走，张童说：“我最近很忙，不能常来看你，你自己多照顾自己。”亚亚虚弱地点点头，看着张童把门轻轻地关上，她浑身僵硬。

她想张童一定是不想再要她了。

病好以后，她不再给一一写信，她相信小明会让她和一一见面的。一一成了她心中唯一的希望。

过了大概半个月，亚亚接到小明的电话：“亚亚，你不是想见一一吗？今天是她生日，在‘100号’酒吧开PARTY，你认识吗？”亚亚连忙点头：“认识，认识，我马上到。”

亚亚不知道自己该买点什么礼物给初次见面的她所喜欢的一一。她跑到国贸转了很久，觉得买太贵的礼物又显得突兀，最后还是去“莱太”花卉市场买了一百朵黄玫瑰，扎得很漂亮，用绿色的纹纸，很素净，她想一一骨子里应该是个素净的人。

“100号”里人并不多，一一跟她猜得差不多，没有乌泱乌泱的朋友。小明不知从哪儿走出来，牵着亚亚没抱花的一只手，径直走到一个长头发女人面前：“一一，这就是我跟你说的亚亚。”

亚亚有点尴尬也有点激动，她没想到一一竟然有出人意料的美，她想既然是美人就应该有人疼爱，为什么还要那样咬牙切齿地诅咒男人呢？更让她意外的是，一一很知情地招呼她："亚亚，真高兴你来。小明跟我说过你好几次了，写什么劳什子信啊，我们交换个电话，你有时间我们就约出来玩好不好？"

亚亚不知所措地点着头，完全说不出话来。一一看到她的窘，也不以为忤，指着亚亚怀里的花问："是给我的吗？"亚亚连忙点着头递过去，涨红了脸说："生日快乐。"一一嘎嘎地笑起来，笑得花枝乱颤："你真可爱，亚亚。"

那个晚上，亚亚过得很高兴，尤其她高兴地看到，一一一直抱着那束花，只有切蛋糕的时候才放下一会儿。亚亚想：女人还真是内心柔软、容易打动的动物啊，一束花就能这么快乐。一一该是多好追求啊。

可是，张童并没送过花给她。家里的花，都是亚亚自己去买来的。

亚亚与一一又见过两次，每次小明也在旁边。亚亚并不好意思亲口讲出自己和张童的事，还是小明说了几句，说亚亚这样年轻就过这样的日子，看不见未来，一一问："你是想要离开那个人吗？"

亚亚说："没有，但是我很痛苦。"

一一捻灭一支烟："没有就对了。离开那个人又能怎么样呢？"

小明不明白："一一你不是总是说女人应该自尊自立自强自爱？"

一一笑笑，亚亚看见她笑容里一闪而过的凄凉："是吗？我说的是，女人在实在没有办法的情况下再自尊自立自强自爱。”

然后，她就若无其事地聊别的事了。虽然只见了两面，但一一对亚亚很友爱，亚亚想一一比小明更能了解自己，因为她是个有很多故事的女人。

在和一一建立友谊的那一阵子，张童几乎不见了踪影。亚亚知道那块乌云要吹到自己头上了，她对自己说我有心理准备，这样的关系，总归是这样的下场，还能怎么样呢？她去买了很多花和很多蜡烛，不用电的，每天回到家就躺在花里，光着脚睡，白天，她总处于低烧状态。

张童在某个夜里来过一次，天不亮就不见了，亚亚因为发烧的关系，有点弄不清他到底来没来过。她闻不到张童的味道，因为屋里的香气太浓，她就把被子拿到浴室去，使劲地闻呀闻呀，也闻不到张童的味道。

亚亚在那一刻明白，是多么舍不得这个人。她甚至两天没洗澡。

第三天，她顶不住了，洗完澡，随便裹了一件大衣，就出门了。

她去找一一，她想问一一，是不是不能这样只接受却不表达，是不是应该告诉张童她有多么需要他，因为她年纪小，他对她来说，是一辈子不能磨灭的，是现在放不下的。

一一出现在门口的时候，两个人互相吓了一跳。一一没想到亚亚的憔悴，亚亚从来没见过一一眼角眉梢拢不住的风情。一一穿了一件拖地的闪着光芒的睡衣，光着脚，脚腕上有一串铃铛，原来的直发烫得卷卷，因为刚洗过，毛茸茸的，可脸上却精心地化着妆。一一热情地问：“怎么了亚亚？”

亚亚想都没想："你是不是有客人？"

一一咬着嘴唇，按捺不住欣喜点点头。

亚亚迟疑了一下，还是硬着头皮说："我想跟你聊聊我的事。"

一一看来正在亢奋的顶点，她掩上门，搂着亚亚小声说："今天不行，真的，真的不好意思，亚亚，换任何一天都行。但今天，今天是我今后幸不幸福的关键日子。亚亚，对不起，明天晚上我给你打电话，一定的，我一定好好地认认真真地听你的事。"

亚亚心里很慌，她很想抓住一一，但她看得出来，一一正急于抓住屋里的那个人。亚亚笑嘻嘻地说："原来是这样啊，一一，你也有今天。"

一一做了个心照不宣的表情。她真是活泼可爱啊。

亚亚拉开门："那我走了，明天，明天晚上我给你打电话吧。"

一一忙不迭地点头："好好好。"

亚亚裹紧了大衣，大衣里面，她只穿着一套已经有点旧的泰德熊图案的睡衣裤。她在兜里攥紧了小小的拳头，那里面都是汗。

一一回到卧室，那个人问："这么晚，谁找你？"

"一个小朋友。"

"男的？"

"当然不是。"

亚亚一直走出一一住的小区，她目不斜视，一直走。

所以她没看见一辆墨绿色的“大奔”就停在身边。

那天晚上，亚亚顶着四五级的西北风，一直走到了天安门广场，然后她走不动了，打了辆车回家。她死在了自己家里，抱着那团皱皱的被子。屋里的花都还开着，因为亚亚把它们的茎都剪了斜面，水里放了阿司匹林和一点点白糖。只是那些怒放之姿掩不住马上转颓的败势。亚亚吃了一些药，但因为发现得太晚，就没救过来。

两个月以后，张童办了离婚手续，和一一从此幸福地生活在一起了。听说他们是真的相爱。

佳期

佳期结婚那天极热，热到所有人都不知所措。更不幸的是，她的婚礼还设在室外。再漂亮的男人，腋下和后背都黑湿了一大片，头发稍长的，脖后被汗水沾了千丝万缕，再也让人提不起兴趣。女人也顾不上矜持，拎起所有能扇的东西一通狂扇，从杯垫到餐巾纸，不一而足。

到场时并没见到佳期，我知道新郎新娘得要闪亮登场，这会儿正在打扮。热得受不住，我到洗手间去，准备往身上撩些凉水去暑。谁知一推门，就见佳期正对着镜子化妆。

她胖了，不见了小女孩发育不良似的青涩，红色晚装把身体包得严丝合缝，也没回头，冲着镜子里的我笑："来了？"

我站在她身后端详："嗯。你怎么胖的？"

她只咯咯地笑，却不回答。

旁边有化妆师。但下手稍浓艳一些，佳期就不客气地擦掉。冷气充足、富丽堂皇的洗手间里，化妆师仍忍不住满头汗："你这样，什么时候才能搞完？”

她不理，隐约仍见从前的骄横之态：“就是不想要太艳。”

佳期很美，而且现在身强体壮的样子，满面红光。那些脂粉，不过是锦上添花的东西，她绝对不肯被人化得变个样子。

佳期以前的性格没这么强硬，女人的强硬多半是被男人的辜负给逼出来的。我问：“他家里有没有人来？”

她的表情没有变化，若无其事：“有啊，你以前那一个。”

我心头一沉。她咯咯地笑：“还在意吗？”

“不，无所谓。”

回到院子里，我有点神不守舍，眼睛匆匆把在场的人扫了一遍。确实不愿意见到从前的老情儿。

突然间人群爆发出一阵哄笑，我回头，见佳期正挽了新郎出来。佳期和别的新娘不一样，她脸上还有纯真的婴儿肥，目光炯炯，一副志得意满的样子。到底年轻，恢复得真快，我在人堆里兀自羡慕着。

新郎倒也仪表堂堂，甚至虎头虎脑，和景元是两种极端的人。景元那样苍白，颀长，满面忧郁的诗人气——他们家的人都是这样子的。

佳期很风骚地向人群的不同方向飞着媚眼，左看右看，都还是个小孩子呀。就算现在仍与景元一起，他们肯定也谈不到结婚，谁知一离了景元，生活轨迹迅速变幻。

喜帖送来的时候，是夹在一堆商务信函里的，我正猜谁会用大红信封这么有性格，拆开来就见佳期在结婚照上幸福地笑。

我认识佳期的时候，她只有十九岁，刚读大二。那天是我头次去景云家拜访，我们当时也交往了半年多，景云说父母很新派，弟弟的女友时常在家里留宿，你也不要过于拘谨，反正一家子人热闹着过也挺方便。

景云很好，这种肯定的方式让我很舒心，但是，我始终打不开自己的封闭。所以景云那天与我逛着逛着街，突然就拉我来了他家。我紧张坏了："你有跟父母打招呼吗？"

"没有，反正是路过，就上去坐坐。"他总是什么都不当回事似的。

我的脚有点抖，直扯着景云的衣襟战战兢兢上了楼。开门的是景元，我与他以前是认识的。他一副心知肚明的样子，冲我一笑，就回屋里去了。我正蹲在地上换鞋，景云的父亲就走出来，看着我说："你好呀？你是谁呀？"

看见他爹这样活泼，我的心放下一半，景云说："是刘晶，我的女朋友。"

"啊啊，真好呀，快进来坐吧。"他父亲很乐似的。

景云的母亲倒比较严肃，可能因为教书的原因。闲扯了一会儿，景云父亲就说："啊你们年轻人，回自己屋里聊，不要跟我们受罪了。"

景云大赦般拉了我就走。我偷偷说："我尿急。"

景云就笑："瞧你那点儿出息，那边。"

那边地方很大，我转了一下子，就进了厨房，刚要退出来，突然从冰箱一侧探出个毛茸茸的头来："你是谁呀？"

我吓了一跳，看去，竟是个极漂亮的女孩子：“我叫刘晶，是景云的朋友。”

“啊，”她嘻嘻笑起来，猛然往上一窜，个头儿很高，但瘦瘦的，穿着工装裤，丁零郎当的。她向我伸手，“我是佳期，我是景元的女朋友。”

她的手上还有油，不过我很喜欢她的爽朗，还是紧紧握了握。

“你在干什么？”我问。

“擦冰箱。”

“冰箱很脏吗？”

“不算脏，我在擦后面。”

“后面？后面乱七八糟的，你擦它干什么？”

“因为我爸爸妈妈说，到别人家去，要主动找活儿干，我就擦冰箱。”

说得我更紧张了：“啊，那我应该干点什么？”

“你不用，”她熟门熟路地说，“你头次来，得让景云伺候你。”

如此这般，我与佳期成了朋友。每次来景云处，总见佳期窜上跳下地干活，不是擦抽油烟机，就是洗马桶。我在家里本来是最懒的，可是因为佳期的表现这么优秀，也不得不时常洗洗衣服擦擦地。

我偷偷问景云：“佳期和景元这得算早恋吧？好了多久了？”

景云说：“瞧你那八卦劲！佳期大一的时候跟景元好的，学长学妹，顺理成章。”

但不是所有顺理成章的事都会顺理成章地有个结局。佳期毕业前夕，我在他家里再见不到小工蜂似的她，换作了另一个眉清目秀的女孩。

我当然不方便向景元打探，又问景云："怎么回事？"

"你看不出吗？"

"那佳期呢？"

"佳期，佳期……"

人走茶凉，谁也不会去管佳期会怎么样。我不知道是不是应该约佳期出来聊聊，人在感情受挫后，是最需安慰的。但是，我与景元一家这样密切，又怕佳期会伤感。

日子晃过去半年，景云母亲突然入院，虽然只是个小手术，但全家还是心惊肉跳。我在医院碰上了佳期，两人都欣喜。

"佳期，你是来？"

"来看阿姨啊。"她胸无城府。

"你真是难得。"

"阿姨以前对我那样好，我来看她是应该的。"

连景元都感动了，尤其他那个冷若冰霜的新女友只推托大家没有那么熟而不肯露面后。有次我离开医院，见到景元正与佳期在花园一角聊天，那个样子，像极了他们还在一起。但不同的是，景元的样子很热切，佳期却只沉默着闪避。

我想我知道佳期，她不是为了挽回景元的心才来看景元母亲。她心地单纯，对所有对她好的人心存感激，但这个名单里，已经没有景元。

那时我已开始自顾不暇。景云在这期间，也很少出现。有朋友说，景云在某某餐厅与一个女孩吃饭，让我一定要去看。我没有去，不是不想去，但一想到见了面有多尴尬，还是止步了。我不愿意自己尴尬，也不愿看见景云尴尬，他与我一起，当然有他的理由，他不与我一起，定是因为我不是最适合的那个。

我就这样熟练地运用着“鸵鸟政策”，对景云的早出晚归不闻不问。还是佳期沉不住气，跑来说：“你算了，不要再自欺欺人了。”

我问：“佳期，如果是你，你怎样？”

佳期说：“若是我，我走。”

佳期一走就是一年多，去了英国念书，临走那天，景元呆坐在床边抽烟，看得人不忍。

既有今日，何必当初。

佳期走后，我与景云分手。我们前后告别了这家人，也有怀恋，但那个东西是给人受伤的，要迅速忘掉。

贺喜的人群，正在要求佳期与新郎做不堪入目的游戏，佳期先是笑着拒绝，然后就绷起了脸。我正笑，突然身后有人说：“她其实没有变，嗯？”

这声音令人毛骨悚然，是景云。

我强撑着与他招呼：“你来了。”

“是”。他自然地坐到我身边，手臂搭在我身后的椅背上，如同最熟稔的时候。

我不自在极了，但坦白说，很受用。那样闷热的天气里，突然头顶凭空多了一片荫凉。他干干净净的样子，全身不见一丝汗渍，与那些热闹的俗世中人到底不一样。

周围的一些熟朋友，见怪不怪的，似乎我一直与景云在一起，从未分开过。大声斗酒，大声唱歌，大声开玩笑，还问："你们两个准备什么时候？"

佳期从人堆里忙里偷闲地冲我做鬼脸。突然间我明白，她故意的。

我有点恼怒，她自己不吃回头草，为什么把回头草喂到我眼前？

佳期在蜜月里给我打来电话："听说进展还不错？"

我不知道说什么好，是假装生气还是要谢谢她。

"晶姐，人跟人不一样。我与景元，那是八竿子再也打不着，但你与景云，是前缘未了。我们做不成妯娌，可我也希望你嫁进景家。"

我本来想告诉她，景元一直把她的照片摆在床头，即使是在她婚后。后来转念，说这些没用的事做什么呢？

不知道如果我是她的性格，能不能令她与景元复合。很难说，她比我有主意得多。

我们到底是有缘分的。

袋子

我是一个手提袋，瑞普斯艾的。

瑞普斯艾是一个二线的女装品牌，购买者众，都是些年轻漂亮的人，或者一些自认为年轻漂亮的人。

我很高兴自己没成为一个超市用白塑料袋。它们的命运很悲惨，在被用来装满重物（而且很可能是些味道刺激的蔬菜）后，回到人家里还要被当作垃圾袋二次使用，分派到客厅、厨房，甚至厕所，装些果核、烟头，甚至用过的手纸，如果主人懒惰，再几天不清倒一次垃圾的话，我那些白塑料袋兄弟，大多是被熏死的。

我觉得我的命运还好。最起码，瑞普斯艾是个有钱的服装公司，作为他们的门面——手提袋，我们被设计得很漂亮，橘黄的肤色，质地柔韧，尤其是印上瑞普斯艾的著名 LOGO，拿在购买者的手上，顶有面子。

我们将要包裹的，是那些干净时尚的服装，上面还有昂贵的价签显示身份，通常购买者要花掉至少半个月的薪水才能把我们拎走。

未落入购买者手中前，我们待在舒适的店面里，导购小姐都是漂亮的，在工作之外，她们也愿意穿本店的服装。对我们也很好，放在收款机旁，光线充足，还有轻柔的音乐听。

不过我来到这家店后，就知道要很快离开。因为生意极好，我一天要告别几百个兄弟，我知道，很快就要轮到我了。我祈祷带我走的，是一个干净的人。

那天快打烊的时候，进来一个瘦瘦的女孩。我记得她，因为她有点男孩气，走路风风火火的。她前两天就来过，在皮衣那里试了半天，对那件中款的爱不释手。坦白说高个子女孩如果再苗条，就穿什么都会好看。我觉得手提袋也是设计成瘦长的比较好看，听说现在连报纸都有了“减肥版”。

我猜这个女孩是准备买下这款皮衣了。瑞普斯艾本来就不便宜，而皮衣更是所有款式里最贵的。

果然，她又跑去试了一遍，在镜子前扭来扭去的，真的很好看。旁边的导购小姐也想在下班前来个“海底捞月”，在一旁赞不绝口。女孩开始打电话，声音很甜，是打给男朋友：“喂，我在试衣服啊。”

“是一件皮衣啊。”

“当然好看啦。”

“可是很贵呀。”

“真的假的？”

“你真的给我报销？”

她一边说着，脸上一边诡黠地微笑，身体还不由自主地轻轻扭着，就像跟人撒娇一样。

“真的呀？那好吧，那我先谢谢你啦。”女孩满意地挂了电话，就让导购小姐开票了。

真是个幸福的人，男朋友很大方。我知道那款皮衣的价钱。

女孩并没急于交钱，又跑去男装部转，指着模特身上穿的那款白毛衣说：“这个也要。”

原本我前面有一个兄弟，但现在她买两件，还要加上我。

导购小姐轻盈地拎起我，轻轻一抖，我舒畅地打开身体，那件质地和设计都很考究的黑色皮衣落入我的怀抱。

女孩伸手接了过来，顺手把小票也塞进来，愉快地说“谢谢”，出了店门。

街上已经有点冷了。但还好，她迅速地钻进车里，发动，待了一会儿，有暖意从前方漫了过来。女孩把音响打开，一个女声唱“幸福，我要的幸福……”

女孩大声地愉快地跟着哼唱。

我和我的兄弟相视一笑，都在猜，下一步会到哪里。

女孩的车里有淡淡的烟味，和一种清甜的香水味混在一起，很性感，这也许不是个过于年轻的女孩，因为车里没有什么流露小女孩气质的饰物。

女孩开了很久，才拎着我们下车。这是一片白色的楼群，女孩按开密码锁，走了三层楼梯，开门。

屋里有灯光，原来是有人的。

沙发上一个高大英俊的男青年从报纸后面微笑地露出头来。

女孩把我们扔在一边，冲上去抱他。

两个人亲昵了一阵，男人问："买的衣服在哪儿呢？穿上我看看。"

女孩穿上了，转了一个圈问："行吗？"

"嗯。"男人点个头，就把钱包拿出来了。

女孩把白毛衣递给男人："送你的。"

送他的？那件皮衣不是男人掏的钱？那这件呢？

"干吗？"男人问。

"那件算你的，这件算我的。你将就着吃点亏。"女孩说。

"不用这样啊，是你生日嘛。"男人并不去穿白毛衣。

女孩坚持，接过钱也只随手放在茶几上了。

男人心里很受用吧。我觉得这女孩蛮聪明的，白拿别人东西不好，自己也送上礼物一件，就不显得气短，接过钱的姿势也不会难堪。价钱和价值是不一样的。

男的说："我做好饭了，吃饭吧。"

我很羡慕，原来世上是有神仙眷侣这回事的。

饭后，女孩收拾桌子，洗碗，顺手把我和兄弟仔细叠好，放进一个储物柜里。

我们又满意地交换了一个眼神。两个生活得很有秩序的年轻人，不会浪费，把我们仔细地放好，等待再次利用的机会。

沉沉睡去。

在储物柜的日子，虽然漆黑一片，但外面传来的声响让我基本了解了这对情侣的生活规律。

这是男人的家，女孩不是每天都会来。男人是一个作家，每天十一点钟起床，看完中午的新闻后，就开始啪啪啪地打字。写不下去的时候，他就听听音乐，或者下楼去转转，傍晚将至，女孩的电话就会来了，两个人约定晚上的安排。

他们出去的时候不少。

但我听见男人给其他人打电话时说："她太喜欢玩了，我喜欢静，天天陪着她，可真吃不消。"

她也会来这里过夜。男人上网的时候，她就看电视，两人都静静的。一次男人出去谈事情，她跟人打电话，说："他？他很闷。"

那次谈事情，男人把我的兄弟带走了，装了好几本书。

我知道我们这些制作精良的手提袋，不会那么快就废掉，我们还要去到很多地方见世面，才会慢慢衰老下去。

不知道他们两个人谁会把我带到谁家去。

中间又有许多新的手提袋来与我做伴，也因为这样那样的任务被拎走。不知道为什么，最后总剩下我。

也不知道为什么，生活还是一样的进行，可这两个人，开始偷偷地在对方不在的时候抱怨。那些电话是打给什么人的我不知道，但他们肯定对这段感情没有起太好的作用。每次女孩打完电话，总是很惆怅，然后就冲出去玩到深夜才回来。男人回家早，安静地坐在沙发上等，很多时候，等得睡着了，女孩才疲惫地打开家门。

那天，女孩凌晨才回来。男的问：“这么早？”

女孩不说话，脱下那件皮衣，扔在沙发上。

我不理解这种叫作情侣的动物，有什么问题为什么不能当面锣对面鼓地谈一谈。他们曾经那么好。

从某一天开始，男人会在每天晚上固定的时间出去，一个小时后回来。那段时间，正是女孩的玩乐时间，她根本没有发现男人有了新的节目。如果女孩要来，男人就不出去，但会狂发短信，不知道在知会什么人。

终于那一天，两人一同进了家门。空气是紧张的，脸色是铁青的。女孩用脚后跟磕上门，怒吼：“她是谁？”

男人说：“什么谁？邻居。”

储物柜的门打开了，我看见女孩盛怒中的双眼。

那是一双充满了泪的双眼。她的手颤抖地翻着，终于落在我身上。我被她粗暴地拎了出来，一路拎到洗手间。我吓坏了，她生气，为什么要拿我盛手纸？

还好不是。她张开我的身体，把台面上所有的化妆品一股脑扔进来，然后直奔大门而去。

我着急地想：留她啊，求她留下啊。

但男人没有，而是慢慢地讥诮道："真是来去一身轻啊。"

"你什么意思？"

"没什么意思。我请你与我同居，你坚持不肯，原来是为了走的时候方便。"

女孩反倒笑了，说："你还算聪明。对呀，我从头就不认为我们之间能有一个结果，为了免得搬来搬去伤筋动骨，所以我才从来不肯放换洗衣服在这里。"

男的补充："连内裤都是一次性的。"

女孩笑："什么东西不是一次性的？"然后看看我，"还不如一个袋子，可以一直用下去。"

我又回到女孩的车里，"砰"地关门声后，车里一片寂静。女孩开始在驾驶座上哭泣，很长一段时间。

我看见男的从窗帘后往下看着，脸容哀伤。

女孩把车子驶出这片楼群，一路安静地开着。

她没有听音乐，车窗外的路灯光有节奏地洒在我身上。

她开了很久，来到另一片楼群里。

她拎着我，坐电梯，一直到十五层。

有个小个子的男人来应门，微笑地看着她。

她走过去，两个人拥抱在一起。

她说：“我们同居好吗？”

小个子男人使劲地点了点头。

我趴在他的背上。

她穿着那件漂亮的皮衣。

我装着她的玫瑰红色的电动牙刷，早上她还用过，牙刷的毛湿漉漉的。我的身体的某一小块，正被潮气慢慢洇了。

报应

那天晚上很冷。

车里的液晶表显示，已经快到三点。

刚刚把工商局那个人送回家。他喝得很好，很高兴，到最后也不是那副眼往上翻、生人勿近的样子了。我频频劝酒，面带巴结的微笑，上完洗手间一照镜子，镜子里的人还挂着那样的笑，想吐。

我留了他所有的电话，单位的，家里的，问到手机号时，他一翻白眼说："我没有手机。"

"噢噢噢，没关系。"我一边点着头一边心里恶骂：傻逼，你丫就快有了。

我的财务出了点问题。但问题是，哪一家的财务没有问题？

女人真可怕，我不过劝退她，她就凭借以前在公司掌握的大批资料，到"工商"那儿把我给"点"了，罪名叫"违规经营"。

我喝了不少，但这些年来，一下班，我的生活内容跟"三陪"差不太多，酒量无极限。

在他家门口，我还特意从车上下来，与他握手，一直目送他进了楼道。

笑容才一点一点褪下来。

很累。我点了根儿烟，靠在车边抽着。

天就是在那个时候开始下雪的。

第一片雪落在我眼皮上，细小的冰镇感觉惊了我，我打个机灵，抬头看天。

天空很黑。

细密的雪粒像巨大的灰尘一样从天而降。路灯光发红，光里笼罩的那些雪，像有生命一样，带着巨大的孤独感受向我兜头而来。

我的心情已经降到这一年来的最低点。

虽然喝了很多，我仍然开得很快。

长安街上已经没有什么车，大部分的霓虹灯也相继灭了，没有什么东西需要在夜深时分还招徕生意。在北半球最安静的夜里，只有我，跟只疯了的耗子似的，仍要为自己的生计苦苦奔波。

从天安门向西，第十九个红绿灯左拐，就到家了。

深夜的长安街，那些红绿灯仍然劲头十足、不管路况地自顾自闪着。开车的人都知道，在这条著名的大街上，只要遇到一个红灯，那么之后每一个路口，红灯都会接踵而来。

我恨那个老女人吗？

不，是她恨我。是我把她轰走，她恨我是应该的。这些接踵而来的报应，是我分内的。

我只是没想到她恨我的程度有这么深。

想到曾经与她的肌肤之亲，一股酒糟味儿自腹部“轰”的一声直抵脑顶。

在第十一个红绿灯，我看见了那个倒计时标牌。

当时已经变成黄灯了，我想冲过去，但脚下还是莫名其妙地狠狠一点，车尖叫着刹住了。

在十九个红绿灯里，这第十一个是最漫长的。99 秒，98 秒……

我晃了晃脑袋。

然后，我看见了斜对面的那个倒计时标牌，巨大。

白底。几个红色的大字：“距下个世纪还有”。

下面是一支正在倒走的电子表，红色的阿拉伯数字，倒退着变化。

“2658384，2658383，2658382……”

2658382！这串数字怎么这么熟?

在等待绿灯的时间里，在车启动向前之前的 90 多秒中，我想起，那是辛追家的电话。

辛追是我以前的女朋友。

六年前，这个电话号码在我脑子里滚瓜烂熟。那时我每天可以不打任何一个客户的电话，但我没有一天不打这个电话。

辛追的脸，明媚的，孩子气的。

车向前开，到了那段著名的地区，每逢清明，人山人海。

路中间是新漆的白栏杆。

我一定是喝醉了，为什么我好像看见辛追披着黑如黑夜的黑发在栏杆上若无其事地坐着?

路上没有一辆车，我寒毛倒竖。

六年来，我没有给辛追打过一个电话。我觉得结束要有结束的样子，拖泥带水是害她。

老丘说你丫可真够混蛋的我看见辛追的胳膊上一道一道血印子。

为什么?

她自己用刀划的。

可谁也不知道我的心如刀割。

老丘说不是说不让你跟人分手,可你不能置人于这种境地而不管不顾啊。

当时我只说了四个字：“她会好的”。

其实当时我害怕极了，我怕辛追会自杀，虽然我知道她不可能那么做。可我去找她有什么用?劝完她，我还是要走，我还是要离开她，仍然剩下她一个人。

我突然觉得恐惧，不敢把车停到地下车库去，我胡乱把它扔在楼下。

离开辛追，就是为了那个老女人。

她怀了我的孩子。那一年她已经40岁，是高龄产妇，她跪在地上求我结婚，因为她流产过很多次，她想要个孩子，并且她说对她来说最重要的是，那是她与我的孩子。

对辛追，我是个狼心狗肺的人，但对她，我仁至义尽。

我承认我是一个人渣，我隐瞒了一个事实——她是我的上司，我的老板。我当时的想法是，选择与她在一起，也没什么不好。而年轻可爱的女人，等我事业稳固后，俯拾皆是。

确实是我对不住辛追。

我把所有房间里所有的灯通通打开。

辛追喜欢黑暗，但她不是，她喜欢灯火通明，在近乎刺目的光线下做爱。

她很棒，在某一个方面，我不是没有爱过她，或者说，迷恋过她。那时候我很年轻，只有二十八岁。

但现在，不过六年过去，我的头发白了很多，我也胖了很多，常常觉得是一个瘦弱的灵魂裹在庞大的身躯里。那个我觉得恶心的身躯，就像一个假的人，可怜的灵魂躲在眼眶后面向外偷窥。

我对性已经没什么兴趣，一度我甚至悲哀地怀疑自己是不是出了什么问题，跟那些小姐在一起摸摸捏捏，下体无任何反应，我他妈是不是已然废了？

在我与她的最后三年，我几乎没再碰过她。开始她还怜惜地对我说："要注意身体。"后来也若有所失。是的，我不再是那个年轻的、很棒的、原始的小伙子，我老了，而且，我比任何人老得都快。

在我把她打发掉时，她突然眼放异光，恶狠狠地、一字一顿地对我说："你知道你为什么不行了吗？"

我有点好奇地看着她。她在有些事上很懂。

“因为男人的精力，走上不走下。你把全部精力都用来陷害别人，处心积虑，你当然不行了。哈哈哈哈。”

我觉得她说得很有道理，还赞赏地点了点头，她巫婆一样的凄笑凝在空中。

这个城市很奇怪，想大就大，想小就小。当你离开一个人，你会突然断绝与她的一切联系，任何可能的相遇都不会发生，即使你守在她经常出没的地方。辛追就像人间蒸发了。

当然，我也没有找过她。

天仍然很黑，冬天的夜非常长。那7个数字梦魇一样不停在我眼前划过。

北京的电话号码，早就升成8位，辛追的电话号码肯定已经变了。我告诉自己。

可是，现在我很想找到她。是的，现在，马上，ASA。

我真是一个可耻到极点的人，在我与那个女的分手后，居然第一个想找的就是辛追。

大多数电话号码，升位后都在原有的电话号码前加“6”。我心存侥幸地想。

我要不要试一试？

要不要？

要。

按键很光滑，可我还是一下一下慢慢地、艰难地按完了8个数字。

我一直一厢情愿地想电话里会传来“您所拨叫的号码是空号”，我就会马上放弃这种无聊的举止。但，通了！电话响了两声。

我突然间想要挂了。

可就在这个时候，对方接起了电话：“喂？”

辛追。

不错，就是她，我永远不会听错的声音。

“辛追。”我的眼泪流下来了。

“你怎么了？”辛追问。

“辛追你还听得出是我？”

“当然了宝宝，你干吗这么说？”辛追的声音里充满了诧异口气。

六年，那么漫长的时间，辛追仍然记得我的声音，并且六年后，我们第一次通电话，她就毫不犹豫地用从前的昵称叫我，我哽咽起来。

“你为什么还不睡？你明天不上班吗？你是不是又喝酒了？”辛追很温柔地追问。

而我只会一遍一遍叫她的名字：“辛追，辛追……”

辛追沉默了好一会儿，叹了口气说：“你等我，我现在马上过来见你。”

然后“啪”地挂断电话。

我的眼泪在瞬间凝结。来见我？

我买了新房子，她怎么可能知道我住在哪里？

天哪辛追，我不自禁地叫着。难道她以为我还住在从前那贫民窟一样的脏乱差小区？她也不想一想，我为什么离开她？不就是为了过上更好的生活极度物质主义吗？

我马上按Redial，但没有用，那边已经没人接了。

对不起对不起辛追。我跑到窗前，外面的雪比刚才大了很多，柏油路已经完全被雪覆盖。这么糟糕的天气，这么黑的夜，她要跑去那个危险的地方？

我坐不住了，马上穿大衣。

我要去找辛追，我怎么能让她白白跑一趟。

我向门口奔去。

就在我要伸手开门的时候，门被敲响了。

“当当当”，不大的声音，但在夜里如同鬼叫门。

我惊恐万状。

“谁？”

“我。”

这种废话。你又是谁？

但我知道这是谁。

我非常非常的反感。

打开门，并没有让她进来的意思：“你来干什么？”

她这个岁数的女人，瘦是一种灾难，脸上的褶子九曲十八弯，苍老得一塌糊涂，尤其是在夜里，灯光不好的时刻，与鬼无异。

她这两年老得厉害，就算我行，也完全提不起兴致，一伸手就摸到干瘪、褶皱、松垮的皮肤，非常可怕。

她往前倾了倾身子，上下打量我一番，才说："大半夜，打扮得像要出门，干什么？"

"就是要出门。"

她"哼"了一声："找我吗？我不是来了？你不用受累了。"

顺势一挺早就没料的胸脯，几乎耷拉到我手上。

我嫌恶地一躲，反倒给她让了条路，她满意地走了进来。

我只好仍站在门口说："我不是要去找你。时间太晚，你请回。"

她大咧咧坐到沙发上："那好吧。算我找你，你也不要出去了。"

我想着辛追在雪地里等待的样子，心急如焚。

可这个妖婆，她到底要干什么？

"怎么啦？听说你最近上下活动，四处打点，很有成效啊？！"她眯着眼睛看我。

可是妖婆，你现在眼皮都已经耷拉了，就别飞媚眼了。

她对我的置若罔闻完全不以为意，还点上一根烟，边点边努着那张叼着烟的没有血色的嘴说："别白费力气了。你以为我打点的会比你少吗？"

"那你还来干吗？"

她笑："劝劝你。你斗不过我，何必呢？"

我忍着气："您还是给我当指路明灯来了？"

"不错，"她点着头，"你的什么不是我指的？从生活到工作，从床上到地上，你好好想想？"

"您还好意思说这种话？您这么大岁数了。"我讥讽地说。

她不以为忤："你说的对。我岁数大了，所以，我输不起，你不能就这样把我扫地出门。人，我可以不要，但公司，不可能落在你手里。"

然后，她狠狠加了一句："何况，我现在要你的人也没有半点用处。"

我冷笑："您这两年也没闲住啊，多少小白脸都在家巴巴地等您电话，招之即来，挥之即去。公司的钱，全填了您情欲高涨的亏空。"

"你呢？"她反唇相讥，"你填的少吗？你这些年里，身边的女人不下百个，你早看厌了我，根本就是装的。"

我慢慢戴上皮手套："你赶紧走吧。你的车呢？卖了？要是真卖了，我可以送你回去。我正好出门。"

她恶狠狠地说："我不走。我绝不走。"

"那我走。"我转身打开门。

身后突然传来一声撕心裂肺的长哭，非常凄厉，像某种兽类的哀号。我赶紧把门又关上。

"你又要什么花样？"我非常嫌恶。

她哭了很长一阵。在这一阵里，我想要走，我一想到辛追在雪地里绝望地等待，眼睛就要湿了。但是，另一个念头又悄悄地阻止我，因为，也许我与她虚与委蛇，她会放弃与我两败俱伤的争斗。

灯光下，她的头发很黑，虚假的黑，这样黑的头发，仰起脸来，是那样一张苍老的脸。

她说：“我们的孩子，如果生了下来，该多好。怎么可能走到今天？”

我想起当年，虽然我对于做爸爸没有什么喜悦，甚至还有恐惧，但是，我的样子是无比喜悦的。

她的脸，在怀孕的时候，绽放出圣洁的光芒，饱满，亮丽。她丝毫察觉不到我喜悦后面的紧张。我陪她去医院复查，陪她散步，我们被称作“老妻少夫”的标准佳偶。

但一切努力，仍然没有敌过她高龄的危险。医生告诉我，她再也不能怀孕了。

在医院，我看着她黄黄的、一夜之间失去所有光泽的脸，竟然长出了一口气。

我想：也许我可以自由了，我可以找回辛追，过回我应过的青春日子。

但没有。她变得更加疯狂，需索无度。

公司里的事，她完全不管不顾，她拼命地打扮，拼命地消费，拼命地缠住我。我要应付她，还要兼管公司，而我这样付出的营利，她轻易拿去花掉。

尤其我发现，她居然开始固定地养起一个比我更年轻的男孩，我彻底怒了。

连她这样没有资格的女人，都敢背叛我。

她却说：“你与他有什么区别？如果不是我，你有今天？”

我最讨厌这样的话。是吗？没有区别吗？你扶起一个人，也要看这个人有没有腿。如果他只有中间那条腿，又有什么用？我从此对她视若草芥。

她离不开我，因为她已经完全没有心思再打理公司的事情。在我终于不想再被她拖累的时候，我向美国的总公司提交了她这两年从公司拿走的所有的消费明细，以及我精心做好的公司亏损的假账。她完了。她彻底从我身边消失了。

好在当我们准备结婚之前，她已经流产了。

从此，我应走上坦途了吧？

但没有，她不肯放过我。

当时我说：“你对我的提拔，这六年里，我全部还清了，你还有赚，可以了。”

她只说：“走着瞧。”

没走几步，我就瞧见了。

如果一段感情，从开始就背负上施与受的阴影，早晚是要完蛋的。

我为此付出了代价，我失去了辛追。

雪越下越大了。难道我与辛追六年后破镜重圆的再次相逢就这么轻易被她毁于一夕吗？

我坐到她旁边，放软态度说：“你应该知道这些年我替你赚了多少钱，我们好合好散，我给你钱，你要多少，我们从此两不相欠。”

她看都不看我：“我要你，我要你从此就看着一个你再也不想看的人，过后半辈子。”

我气得七窍生烟：“有意思吗？”

“有意思，”她笑，“多有意思啊。人生很短暂，我比你大那么多，一定会死在你的前面，我们可以互相熬着，看谁熬得过谁。”

她始终没有离开。我累得睡着了。

醒过来时，她仍然目光炯炯地坐在那里，身板挺直。

天已经亮了，我到卧室去，又拨了一个电话给辛追。

没有人接。

我脑子乱了，有无数种不好的设想。

我摔门而去，让她在我家里自生自灭吧。

雪仍然没停，路很滑，我慢慢地开着，心急如焚。

一个小时后，我来到我少年时代生长的地方。一切如故，没有丝毫的变化。

我把车停在从前的楼下。

楼道里三三两两涌出上早班的人，呼着白气打着招呼，一派热闹的小市民景象。

我感受着车里温暖的温度，庆幸自己告别了这样残酷的生活。

我没有看见辛追。我知道她不可能等那么久，天太冷了。

怎么办？辛追也早已搬了家，她家原来住的地方已经变成一座巨大的商厦。

我头痛欲裂。只好到公司去补一觉。

公司并没有停业。员工的脸很谨慎苍白。

下午，我去工商那里报到。

我塞给工商最新款的手机，他说："兄弟，你不要急，这事，一时半会儿不会有什么结果。你先忙你的。"

我走到门外，他又追了出来："好好把那女的搞定才行，关键就在那女的。"

我到辛追从前上班的酒店，他们说没有听说过这个人。

我的酒已经完全醒了。

偌大的北京，我要到什么地方去找到辛追。我不能像没头苍蝇一样乱撞。

我在雪地里狂走，眼泪一直流下来，眼眶滚热，可一流上面颊，冰一样冷。

辛追，六年后的弥补，你能接受吗？

六年只是人生中很短很短的时间，从今往后所有的日子，我都将全身心地去爱你。

辛追，可爱的辛追，长情的辛追，始终等在那里的辛追。

整整一天，我滴水未进。

在家门口，我调整情绪，以防那老女人未走，或者把我的家具砸得乱七八糟。

但没有。她走了，屋里很安静，一切如常。

还都保有最后一点理智吧。这样是正确的，山水有相逢，谁也料不定明天谁会需要谁。

天色已晚。我的心却跳得飞快。

我眼睛直直地瞪视着电话。

我伸出手去。

按下那八个数字。

电话响了很长时间也没有人接。

窗外的雪停了，路灯孤零零地照耀着黑暗。

我的心起伏不定，终于要挂了。

就在这个时候，电话被接了起来。

辛追说：“喂？”

“辛追。”两天来，我的眼泪流了太多次，我震惊于自己的脆弱，也许是在这样特别危难的时刻，我特别的需要关怀。

“你怎么回事？”辛追的语气里有点气，“我去找你，你又不在。你跑到哪里去了？”

“你放下电话就跑出去，你怎么还是这么孩子气？我再打过去，已经没有人接了。”我一边擦着脸上的泪，一边欣慰地笑着说。

辛追沉默着。

我说：“辛追，你一直在等我吗？其实，我也一直在等你，我也曾经想过，如果你打电话给我，我就当什么都没发生，就当那些分开的时候从未在我们生命中出现过，我们好得一塌糊涂，一如从前。”

辛追在电话那边轻轻叹了一口气。

我急了起来：“辛追，你叹什么气？你有了别人吗？”

辛追哀婉地说：“怎么会？我怎么会有别人？我一直在等你。我知道你会回头。”

“辛追，我们不要再浪费时间了。不管你变成什么样，好看，或者不好看，我都要和你在一起，我们结婚好不好？”

辛追问：“你怎么说话那么奇怪，宝宝？”

听到这两个字，一阵甜蜜从我五脏六腑升起，竟然痒痒的。突然觉得很渴，我想抚摸辛追幼滑的每一寸皮肤。

“辛追你在哪儿我现在就过来找你。”我大声地喊着。

“我在哪儿？我在家呀？”辛追纳罕着。

“你家在哪儿？你搬到哪里去了？”

电话那头一阵长久的沉默，辛追喘起了粗气：“你到底是谁？”

我愣了：“开什么玩笑辛追，我是宝宝啊，我是你的宝宝啊。”

这话说到后半截，我那种不好的预感已经来了。

果然，辛追的语气突然变得无比冰冷：“宝宝？我管我所有过的男朋友都叫‘宝宝’，你是哪块料？”

雪为什么不下了呢?

我小时候,最喜欢下雪天,觉得天上掉下来的那些六瓣结晶体,像是梦境化身。

雪停,就像梦醒。

我颤抖着,牙齿打着战:“是我。”

电话那头的声音突然尖利无比:“是你?!去你妈的,你他妈在这儿添什么乱?!”

他爱她

在这季节，北京的晚上像一碗汤，温，又凉。

在相熟的餐厅里，领班问："郭小姐升职了？"

问得我一愣。写字的人，再升职又能怎样？横竖一枝秃笔，不见得写来真命天子。小海是多嘴婆娘，希望她嫁个哑巴。

但餐后有送焦糖布丁一份，我深吸一口气再战。

小海遗憾地看着我："大姐你的腰围有没有两尺三？"

"咱又无须抛头露面。"我头也不抬地答。

"那可不一定，《银河》的记者还不是模特一样露肩露胸露背出来见客？"小海向我的布丁袭来，我不客气地挡回去。

"我的。"

她生气："你的你的，肥婆娘。"

我傻乎乎地笑，我已经变成了高大英俊的女中年。

"资深主笔又怎么样？还不是找不到人生归宿？"她诅咒。

我不在乎。

“所有的比喻全都用食物，你这个自暴自弃的东西。不知道为什么要升你。”她没完没了。

我不在乎。

饭后她拉我去喝酒，我不肯，急着想回家，她动怒了：“我陪你去吃那么下饭的餐馆，你陪我喝两杯有何不妥？”

拗不过她，上岁数的女性都有怪癖，只好去了。我讨厌在酒吧喝酒，超市里同样的东西到这里要贵一倍半，凭什么？我也不觉得提供了什么优良环境，还不如我家里舒服。愿意被餐馆宰，因为我做不出那一手好菜，可喝酒，凭什么？

她带我去了一家会所，里面黑漆漆的，这也是我所厌恶。我极喜光明磊落，每天睡前家里都点着一千多瓦的灯，几同白昼。

而且两个不年轻的女人结伴在酒吧出入，有损形象。但小海自有一套，她逢人就说：“我是九十年代生人。”

从洗手间出来，就不见了小海，我问，服务员摇头不知，我喝得有点上头，胆子大起来，不管不顾地一间一间包间推开来找，就看见了他。

彼时里面乌黑一团，一群人正簇拥他准备吹生日蜡烛，那些兴奋得扭曲的脸在烛光映衬下很有点吓人，我一惊，正要退出，他突然扬声叫我：“郭明扬？”

我站住，仔细看看他，啊是，我心里的他。

“我走错了。”我尴尬地解释。旁边有人哄：“进来坐进来坐，既然来了就坐吧。”

然后扭头逼他吹蜡烛。他深吸一口气，浓浓的眉毛挑起，瞪大眼睛，鼓足两腮，十分可爱。

然后室内灯光大亮，众人又叫又笑，有人拉我过去，坐在他身边。

我只好陪笑看他切蛋糕，他很客气，第一份就递给我。

我问：“几岁？”

他歪歪头，答：“二十七。”

“啊，真是不像。”我也很客气，来而不往等同非礼。

“哪里能和你比，还有 BABY 肥。”

啊？

看来我是胖了。

有人叫：“秦天，介绍一下啊。”

他连忙说：“这是郭明扬，演员报的名记。”

“啊——”一众人好像很久仰似的，我觉得奇怪，知道吗就“啊”。

两年前我被分派跟他们那个大制作的戏，做了一次系列报道，远在荒僻的沙漠。那时他还是新人，在剧组里并不受重视。没戏拍的时候一个人走来走去，也没人招呼他。我惜他敬业，他的剧本上全是各种颜色的标记，是很做功课的小孩。于是报道里篇篇有他，甚至为了这个和老总在长途电话里争吵，他大怒：“你是不是看上人家？挟带私货！”这话侮辱了我的职业操守："如果这部戏后他不红，我脑袋割下来送你当球踢进世界杯。"

他果然红了，我的坚持成了独具慧眼。红了以后自然有脾气，难得他始终对我们报纸愚忠，他结婚的消息也是我们独家报道的。

但那就不是我报道的了。

那次吃完关机饭，月华如水，我们去看夜里黑影幢幢的古城墙。坐在城头，听得其他人的声音向各个方向越来越远，渐渐散去，两个人突然觉得有暧昧情愫暗暗滋生。他眼睛很黑很大，似乎看到我的灵魂里去。

"我追求你好不好？"他笑着。

我知道他为什么笑，因为心里没底，男演员和女记者，听起来怎么都像是一段露水情缘。

我也笑了："好啊，追吧。"

因此，这话更像是个玩笑。

其实我喜欢他。

我做过那么多人的采访，只有他实在不像个演员，他一直像个大学生，有浓浓的书卷气。有时候想到他竟是个演员，我甚至有刹那的不忍心。

回到北京后，他马上去拍新的戏。我时常会收到他的短信："今天又看到你的文章，你的名字真好看，不像个女孩子，但又帅气。""仅看着你的名字就要傻笑了。""写得这样好，只写别人多么浪费？为什么不告诉读者你是如此可爱。""看到你的赞美，虽然你不在身边，我仍然脸红了。"

都是些很温馨的话，不过分，但亲密。

这个戏还没拍完，因为以前的戏的播出，他就红了。到了那部电影上映，他成功攀上一线。此后他的短信少了下来，像是受到惊吓，一下子弹开了。

但我一直忘不掉他，有一段时间打开电视就看见他，尤其是看到特写，他深情地凝视着摄影机，我那大大的电视啊，他就像真的坐在那里看着我，我隐约看见月华如水倾泻在他背后的戈壁，下一秒他似乎就要问："我追求你好不好？"

我甚至后悔，那时为什么我没有将计就计，认真地说："好。"跟这样的男孩子，就算曾经拥有，也是好的。

我还是狷介，没办法。

有同行去采访他，他不爱理，只说："演员报有我最满意的采访，你们去抄他们的吧。"听在别人耳朵里，口气不是不狂妄的，但传至我耳中，很有默契地微笑不语。那种感情，被我深深埋在心的最底层，除非长出芦苇，做成哨子，才会吹出"我爱他"。

谁也没想到他竟然那样快就结婚了。现在的演员不仅少有早婚，更是少有把婚姻状况公告天下的。他只简单地说："不隐瞒对一个人的爱，是起码的尊重。"看到那样的报道，我确实有少许失落，但他的话说得多么好，他真的不像一个演员，如果他是一个普通人，我真的会主动追求他。

他的妻子我竟也是认识的，他始终还是找了同类。那个女孩子是个广告明星，极其美艳，肤如凝脂，风情万种，摇曳生姿。那真的是郎才女貌的一对啊。我看着同事拍回来的照片，女孩子深陷在软软的白色沙发里，怀抱着一只白猫，眼里有无限倦怠，直直的长发从新闻纸上泛出光华来。我轻轻地叹了一口气，在想象里给从前的自己一个大嘴巴，发什么春秋大梦呢？

据说婚后，他的妻子就不再开工，整日只在家里养养猫，画画画儿，甚至只在家里的跑步机上锻炼，从不出现任何喧闹的场所，是极爱静的一个人。我听了很羡慕，倒是顶有格调的人呢。

他们结婚有一年了吧，为什么今晚是他的生日，她也不出现呢？

我倒了杯酒，说："生日快乐。"

他痛快地与我碰杯，一饮而尽。我才发现，其实他已经喝了很多，连眼睛都是红的。

周围的人都在大声喧哗，我们的交流十分费力，努力地探身过去听对方说话，再比比画画地回答。

突然他说："那时候我真的很想追求你呢。"

我听清楚了，笑："你现在很幸福吧。"

他的表情突然就寂寞了，他说："我快要离婚了。"

我吓了一跳，不想听见这么不好的消息。

"为什么？"

他摇摇头："不想讲。"

我不知道来由，不知道怎样对症下药地安慰他，只好和他喝酒。

那晚上我喝了很多，他也是，记得后来小海找到这间房，也被他们拉住喝酒，连小海都喝醉了。

在酒吧门口，我们拥抱道别。我说：“一定要快乐呀。”

他重重地点头：“嗯，你也是。”

上了出租车，我就闭上眼想要睡了，隔了一会儿，司机突然问：“小姐，那辆车是不是追你的？”

我连忙睁开眼，还没摇下车窗，他的车就并上来了，他的手臂搭在窗框上，脸红红地看着我。

我吓坏了，喊着：“怎么了？”

他鼓足勇气似地大声问：“如果离婚了，我可不可以追求你？”

我喝醉了。

那又是个月亮极好的晚上，不知道为什么，我似乎可以看见月光下的都市里，人车稀少的马路上，一辆很好很贵的吉普车追着一辆开得摇摇晃晃的出租车，两辆车齐头并进，向不知道的方向开去。

我说：“好。”

因为耳边有风，我怕他听不清，很大声地喊：“好——”

然后他的车渐渐慢了，我们在月光下挥手再见。

第二天我没有上班，我很久没有喝得这样醉了。

下午小海打电话来：“一个人还是两个人？”

“废话。”

小海不信：“昨晚你们两个的眼里都飞出小火花，任何挨得近的人都会被烫伤呢。”

“我不记得了。”我草草地说。

接下来的几天，我下意识在等他的约会。但是没有，到一个礼拜过去，我想，应该不会有了。我真是个笨蛋，他仍然是个男演员，我仍然是女记者啊。

我去了横店采访天后。

那里简直是恐怖，三步一新星两步一大腕儿，天后照旧是冷冷的，但已经很好了，帮我联系的她的内地助理说：“你知道吗？我到现在还没见过她？”

“啊？”我不能相信。

“她从来都自己上一辆车，我打辆车跟在后面。”他愤愤。

我听得哈哈大笑。

横店并不好玩，老总说：“还有别的剧组，帮我们采一组稿子吧。”

我拒绝，我也不是谁都采的，否则怎么担得起“资深”？

但临走前一天夜里，我居然在小吃店里遇见他。

我们都微微一愣，正在我琢磨该用什么态度招呼时，他阳光灿烂地笑了：“不要太巧啊。”

那么自然。

他和我坐在一起，那一桌不仅是工作人员，还有他们戏里的女主角，我从来不知道一个女孩子的眼睛是可以勾到人的肉里去的，她就是。

他小声说："我第二天就来这里了。"

为什么要解释？

而且，为什么现在才解释？

如果我们没有遇见呢？

我怀念从前那些温暖的短信。

他是变了，只是我无法用肉眼见到。

我急着告辞："我还要回去写稿，再见。"

他有点着急，也有点不好意思。站起来跟我握手。这么突兀的动作。那个女孩子就坐在那里精明地笑。

从饭馆出来，风一吹，我问自己："人是由猪进化来的？"

回来北京，看见别的报纸登出他的采访，没有婚变，还是喜欢漂亮温柔的女孩子，腰细细的，个儿高高的，就像老婆那样。

小海拿着报纸问我："还不减肥？"

我请她去死。

但是没几天内线来报，还是离婚了。他已经和现在那部戏的女主角在一起。

他说，离婚以后，他会来追求我。我在等吗？

下班后有饭局，我早到，低头玩手机游戏，听见人响，抬头看见的竟然还有他的前妻。很久没见了，点头微笑，她一点也不像刚离婚的样子，仍然容光焕发，明亮夺人。朋友与她极熟，大剌剌问："现在有什么打算？

会否重出江湖？”

她笑着摇摇头，温婉地低头，优雅地喝汤：“不会了。”

“谈恋爱呢？”

她哈哈大笑：“当然了。”

她那样美，放在家里真是可惜了。这城市里总有绝艳女子偶然惊鸿一瞥从你面前掠过，如同传奇，也像幽浮。听说他把全部所有都给了她，那足够她衣食无忧地度过余生。

我明白他，他总归是爱她，即使不是她，也是另一个长相的她。她和她，其实是一样的。而我，注定不是那样的她。

我明白他，但不是谁都需要身边那个人明白他。

花开四朵

送毕佳丽，我长出一口气。

十几年了，所有一切总该有个结束，不要再纠缠。

两个女人在机场并没有扮生离死别的痛不欲生，但我仍觉得她面色凄惶。她最后似不甘心地四下望了几望，不再见谁的人影，终于依次与家人拥抱，最后是我，我觉得那一抱相当长久，然后松开手，她说："下次再见不知道什么时候。"

我嘻笑："移民去上海罢了，又不是南极。"

她便也笑了，转身离去。昨天帮她收拾行李的时候，我看见她把一个粉色封面的本子郑重其事地放在箱子里，我认得的："还留着？"

她说："是啊。记得吗？义生买了四个，一模一样的，我们人手一本。"

把佳丽父母送回家，就接到宇彤的电话。

"喂，你忙完没有，大好人？"

"刚刚好。"

“出来吃饭，出来吃饭，我和义生在一起。”宇彤一派欢天喜地。

我想推：“我好累，起得太早。”

“哎呀，不要敷衍我们两个了，大不了让义生陪你回家补觉。”这样下流的话，也只有老同学才说得出来，也只有老同学说出来你不觉得猥琐。

两人均闭口不提佳丽的离开，其实大家心知肚明。终于我忍不住。

“你们竟也不问佳丽？”

两人仍然你给我倒茶我给你夹菜地恩爱，头都不抬：“她没有走吗？”

“走了。”

“走了不就完了，要是没走你自然会讲。”

我有点生气：“这么多年了，有完没完？”

两个人见我动怒，不再扮家家酒。义生仔细看了看我的脸，研究半天，对宇彤说：“没事，她只是累了，想发泄一下。”

我气馁，换哀求的口气：“她后来的主动示好，你们不是也接受了，为什么还要那样保持距离？”

宇彤说：“距离拉开了，就很难再回去了。”

“可是这多年的同学，去送一下有什么关系？”

义生无所谓地答：“移民去上海罢了，又不是南极。”

我呆了，他竟然和我说一样的话。可我说这话是为了宽佳丽的心，他说出来竟这样刺耳。佳丽在机场左顾右盼还不是为了看见他？可见男人是极残忍的。

我生闷气，大口喝汤，宇彤捂耳朵：“好吵好吵，生气也不用把汤喝出这样大的声音来表示啊。”义生就在旁边嘿嘿笑：“刘晶一着急就把粗鲁本质显出来了。”

这就是我的好朋友。从中学开始，我们就是四人行，曾经四小无猜，现在变成这样尴尬的局面。

彼时宇彤是校花，粗眉大眼艳丽野性，佳丽活泼可爱，功课优秀，每天我们三人总是同去同来，习惯了身后跟着一排宇彤的追求者，直到家世雄厚的义生出现，才断了那些人的念想。义生从小就透出温文尔雅的气质，与宇彤站在一起，很是一幅旧式才子佳人的画面。义生是二世祖，对钱不在乎，那些年我们很沾了他的光，凡是宇彤看上的东西，他必要一式买上三份，很懂得爱屋及乌。佳丽对人挑剔，可也私下里对我说：“义生对咱们好得真是没话说。”

可惜中学一毕业，美好格局风云突变。趁着入学前的暑假，我去南方玩了一圈，宇彤在外地的姥爷病危，她匆匆赶了回去。记得离京的火车票还是四个人去买的，分头在人肉味的售票厅里排队，宇彤那边的票很难买，义生就一个人在那里排着，让我们拉宇彤到外面的广场上去呼吸新鲜空气，宇彤不肯，两人愁眉苦脸地手拉着手，相互依偎。

是我先回来的，约了义生和佳丽派礼物，聊着聊着就觉得气氛不对，两个人话很少，总是趁我不备相互对视，然后甚有默契地若无其事看向别处，眼睛里的笑意挥之不去。我心说不妙，但又不方便发问，怕是自己过于捕风捉影。接下来几天的三人行，我头一次感觉到自己是多余的人，完全融不进他们的二人世界。我方寸大乱，思考再三，决定还是不向宇彤汇报，一切等她们自己分辨好了。果然，宇彤回来的当晚，深夜来敲我的门，我一直没睡，潜意识里是在等她吧，她眼睛红红，什么也没说，只一把抱住我，就开始哭。

那之后，四个人分崩离析了很长时间。宇彤问过我无数次："为什么？义生喜欢佳丽什么？"这个问题总是要在义生处得到答案吧。义生与佳丽分手后犹犹豫豫地说是因为佳丽追他追得很厉害，写情诗唱情歌，甚至有一天，打电话让正在出租车上的义生赶快听音乐台，偏偏那辆车的音响坏了，义生只好临时下来，跑到路边一个商店里，正好听到佳丽在温柔地絮说对他的爱情。那样燥热的夏天，是很禁不住那样浪漫的事情的。

义生竟是宇彤和佳丽两个人的初恋，大家只好断了来往，只苦了我，夹裹其中，痛苦不堪。宇彤时常来找我，也不说什么，只是掉眼泪。义生和佳丽有了冲突，也会分头前来诉苦。彼时我也开始初恋，哪儿有工夫被他们的事坏了心情，哎。

当我留意到三人都很久没露面的时候，义生出现。他困惑地问我："你觉得我有优点吗？"我奇怪："当然有，你很慷慨。"他涨红了脸："除了这个呢？"我想了想："你脾气也不错。"他甚至愤怒了："你是说我逆来顺受吧？"

我想不通："我得罪你了吗？"

义生红了眼睛：“你知道吗，佳丽与我在一起这些日子，不断索要各种礼物，家里平时给我很多钱，现在竟然有捉襟见肘的感受。”

我沉默不语，这不是他应得的吗？喜欢一个人，总要投其所好。佳丽是比一般人更崇尚物质生活，可是，义生也得到了她的感情啊。义生却不这样想：“我总觉得，她接近我，是为我的钱。”

我冷笑：“你有多少钱？你一个二世祖，不要把自己说得像钻石王老五！况且佳丽什么时候接近过你？还不是你贴上来接近我们？”

义生被我训得目瞪口呆，半晌才嗫嚅着说：“我觉得，还是宇彤比较好。”

我咬牙切齿道：“你不要非此即彼，你有脸这样说吗？”

义生摊摊手：“可是现在，宇彤在追求我啊。”

我投降了，送他走，并一再叮嘱请他们分头转告都不要再来找我。但老同学就是人微言轻，没过多久，义生和宇彤手牵手出现在我的宿舍里。男友私下里问：“是我记性不好？我把你的两个好朋友记混了？”我长长叹息。

佳丽没有哭，她总是以乐观形象示人。我惆怅地问：“我们四个，不会再像从前了吧？”她说：“我无所谓，但他们两个，好像对我颇多偏见。”

“你到底爱义生什么？”

佳丽躲闪我的逼视：“不知道。就是大家在一起太久了吧，你们当时又都不在，觉得两个人很亲。”

“你还爱他吗？”我问。

佳丽不响。

但义生是非常决绝的，他每提起佳丽，竟总是义愤填膺。有一次他背着宇彤对我说："我后来算了算，你知道她从我处弄走多少钱？"

我听了很厌倦："你还记得你听她在电台里说爱你时的感动吗？"

他听不懂："是啊，你说她心机多重。"

自此他是不快乐了，因为没多久，宇彤便毫无征兆地与他分了手。义生性格本就软弱，这一次很难过关。他拉我出去做证人，歇斯底里地问宇彤："为什么为什么为什么？"

宇彤一派事不关己："什么为什么？报复你啊。"

那一阵子我天天陪着义生，听他酒醉后呼喊宇彤的名字："我以为覆水重收的爱情必将获得珍惜……"

"可你不珍惜她在先。"我替所有人辩护着。

那之后我倒是清静了几年，与他们三人都变成了单线联系。因为年少气盛，三人互不理睬，但又总半遮半掩地从我这里打听另外两人的近况，有一次我气急了，骂义生："我又不是长舌妇，你自己打电话去问啊。"

他竟然笑嘻嘻地说："我打给宇彤，她不理我啊。"

"那佳丽呢？"

他马上板起面孔："不要在我面前提这个人。"

他们三个倒好，从此生出攀比之心，都要努力比另外两个更有成绩。看来失恋会促进社会生产力，谁说时代前进没有他们贡献的一分子呢？义生顺理成章地进入家族企业，因为过往的劣迹而不获信任，父母派他到海外的公司从低做起，那次也是我去送的。他神色凄惶，确定宇彤不会出现后，不情不愿地拥抱我："还是你对我最好。"

我挣脱出来："你以为我想？"

这样几年过去，因男主角不在国内，我努力说服佳丽与宇彤重修旧好。但是，白费唇舌，两人都表示可以原谅义生，但不可能原谅对方。那时两人都在奋斗期，自然不肯相让，脾气不顺的时候都会指责我是两面派，我真是比窦娥还冤。

去年夏天，我终于与大学时代的男友分手，想到二十六岁又要于爱情路上重新起跑，心情低落，天天晚上闷在家里看电视，浑浑噩噩，忽胖忽瘦。佳丽和宇彤都要冲上来安抚，被我两口回绝。我看够了她们，我不是她们。

某晚突闻有人在窗外吹口哨，那个调子是多年前所熟悉的。我拍拍自己的头，难道已被打击到出现幻觉？侧耳听听，口哨气息均匀连绵不绝，我拉开窗帘，义生正在一辆黑色的"本田"旁微笑。我高声尖叫，连忙冲下楼来，这次拥抱倒真不是来假的。他还是那样瘦，但很有力气。我问："还走不走？"

他笑："不走了，终于坐正。"

"那岂不是真的'钻王'了？"

他不好意思地摸自己的头。

"为什么'钻王'还开'本田'？"

他说："'本田'怎么了？不是很好？"

啊，我很感安慰，他真的变了。谁知他接下来马上问："宇彤好吗？"

他都没有问问我好不好。算了不与他计较，我坐上他的车去找宇彤。两人相见，果然有点目光闪烁，毕竟流年似水，从前种种不快终于可以烟消云散。我趁热打铁："我们去找佳丽好不好？"

义生看了宇彤一眼，宇彤若无其事，义生便说："今天太晚了，改天吧。"

这一改就黑不提白不提了，我忍不住还是把义生回来的消息告知佳丽，已经做得有声有色的佳丽很开心："这样啊？那我请他们吃饭吧？"她说"他们"，显然是认为义生与宇彤又在一起，但据我所知并没有，宇彤有一个台湾男友，感情还不错，没有理由与义生上演帽子戏法。

那次吃饭气氛不错，四人有说有笑，对从前绝口不提。饭毕先送走佳丽，义生和宇彤甚有默契地对佳丽不予置评，就像从来没见过这个人一样。佳丽倒是很兴奋，几次约我们再聚，但另两人反应并不起劲，义生有次对我说："佳丽又主动给我打电话。"

"那多好。"

"可我就又想起从前。她现在有没有男朋友？"

我很为佳丽不平："人家现在没有男朋友，不意味着一直在原地等你。"

义生笑容诡异："可她这样说了。"

我觉得很失败，去探佳丽的口风，佳丽倒是光明磊落："不错啊，我是觉得他条件理想，难道谈恋爱不应找理想对象吗？"

“你以为他心中尚念旧情吗？”

佳丽总在关键时刻沉默。

就是这样。

我年纪大了，对很多事看得开。宇彤是义生心中的情意结，他总是随时等在她身后。宇彤的台湾男友两边飞，不在北京的时候就由义生补上，我不会问他们有没有私情，那不关我的事，而且感情的事不能一刀切，哪个又与深爱的人终生厮守了？

宇彤没空的时候，义生常来接我下班，同事们惊呼：“刘晶他是你的男朋友？”

我骂：“他倒想！他不配。”

可我算什么呢？我只是他的老同学，是他可以无遮无拦倾诉心事的老好人罢了。我问宇彤：“他待你好不好？”

“好到不得了。”

“你如何打算？”

“什么？”

“真的没考虑再在一起？”

宇彤瞪大了美丽的眼睛：“刘晶你竟如此天真！他从来都是一个摇摆不定的人，他与我厮混一处，不意味着一直在原地等我啊。”

“可是……”

“可是什么可是，”她粗暴地打断我，“他有很多女友，我不过是其中之一罢了。”

又过了一季，宇彤突然决定移居上海。我大惊：“为什么？”

“PETER 决定把事业重心放在上海，我们准备在那边结婚了。”

原来义生的再出现，并没有搅动一池春水，大家还是各走各的。我说：“你与佳丽竟真有缘，又要同城而居了。”

她哼了一声：“可是，如果不想见到，就是住对门儿，一辈子见不到也是可能的。”

原来，曾经的四人行真的是永远过去了。

但宇彤突然问：“刘晶，你有没有喜欢过义生？”

“麻风碰过的男人我不碰。”我取笑她。

她倒认真：“其实我一直觉得，也许最后走在一起的是你们两个。”

我急了：“为什么呀？凭什么呀？”

“这么多年，只有你对他始终一样的好，虽然打打骂骂，但你是他的知己。”

我很痛心：“宇彤，我是你们每个人的知己，从来没有薄厚之分。”

她淡淡一笑，似乎不信：“其实你可以试试。”

为什么？人弃我取？还两人弃我取？

宇彤走的时候，我与义生都去送了，真是的，我送过他们三个呢。回想十几年来的恩怨，宇彤突然在最后关头玩起了义薄云天，她郑重地把我的手与义生的手放在一起，托孤似的说：“这是我唯一的希望。”

义生侧过脸来看我，我想也没想：“破灭吧。”

义生气得笑：“我有那样差吗？”

宇彤竟然眼睛红了，用力攥住我们的手，不许我们分开。

我只当她是快死的人了不与她计较。待她消失，我忙不迭甩开义生的手。他不肯放，死死拽着，一边嘻笑：“试试吧。”

我正色：“我不要与你们三人一起成为世人笑柄。”

他问：“世人管我们的事吗？”

出了机场，他紧咬着我的车一前一后在高速路上飞奔，我看不惯，猛踩油门，冒着罚款的危险，将他远远甩在身后。

花开四朵，也就这样各自飘零了。不是谁都要与谁有扯不清的暧昧关系的。

爱或是不爱

愿一切安好，往事不回头

一个按REDIAL的人 / 杯子 / 黑梦 / 地铁 / 约定 / 逆光 / 痣

一个按REDIAL的人

他家对面有个电话亭。橘黄色、下雨天可以躲在下面的那种。

他住的地方偏僻，天一擦黑，街上就没了人影。每天晚饭过后，他无所事事。他不听音乐，不看电视，他也不困，他想找人聊天。

而且是陌生人，谁也别知道谁。

有一天下雨，他没开灯，把窗户推开一条小缝，闻浓烈的土腥味。雨点反射着路灯光，屋里暗暗地亮着。这时他看见橘黄色的电话亭孤独地直面他。

他霍然起身，摸到桌角的一摊硬币，飞快地跑了过去。

他塞了一枚硬币，按了一下Redial（重复键），不一会儿，电话里有个女人问："喂？"

他说："是我。"

"李健啊？"对方很着急，"你怎么还不到？都等你呢。"

他轻轻地叹了口气："我心情很坏，我不去了。"

"为什么？你怎么了？"

他挂上电话。

后来他跟她说，她是他第二十七次按 redial 的人。

他对她说的第一句话是："你能说出你生活中与 27 有关的事吗？"

她以为是一时想不起的熟人，轻快地回答："我 27 岁呀?！"

他沉吟了一会儿，说："我比你大三岁。"

"谁呀你？"

"你不认识我。"他又停了一下，问，"刚才谁给你电话了？"

她想这是玩笑："刚才？少纳吧。"

"男的？"

"不，女的。"

"我没事儿。……你真不认识我。我在公用电话按了个 Redial，就拨到你那儿去了。"

我住的地方偏僻，天一擦黑，街上就没了人影。每天晚饭过后，我无所事事。我不听音乐，不看电视，我也不困，我想找人聊天。

而且是陌生人，谁也别知道谁。

刚才少纳给我电话，在电话里她激烈地跟我吵，可我根本没见过她。她爱上我的男朋友，我的男朋友说你跟我女朋友商量吧。

可她根本不是商量的态度。

我有点生气，他总是让喜欢她的女孩跟我商量。

后来我接到一个奇怪的电话，他说他是一个按 Redial 的人。

他令我安静下来。

他说：“你能听见在下雨吗？”

“泥土被打湿的味道真好闻呐。”我说。

他说：“我在一个橘黄色的像大海螺似的电话亭里给你打电话。”

“前天是我这一辈子第一次穿橘黄色衣服啊。”我说。

我为自己真的有机会像日本偶像剧里的人一样说话感到若干欣慰。

最后，他说：“为什么要恋爱呢？为什么不多找人聊天呢？”

就挂了。

我记下了她的电话号码。她是 27 个人里我觉得我一定认识的人。但后来有一天我们互念电话本时，发现彼此不认识一个对方认识的人，连重名的都没有。

她失恋了，话不多，她喜欢下雨，她跟我没话说时就翻出小时候的摘抄本唱老歌，声音细细的，像反射着路灯光的雨线。

我攒的硬币很快用完了，于是每天走去银行兑换很多硬币，我感到身体里那种叫作“劲头儿”的东西正在一点一点地抽离。

我仍然在公用电话亭打电话给她。站着很累，我听见自己的喘气声越来越粗重，不知道这样的电话还能有几次？在未知的次数里，我会不会令她爱上我？

27天后，我终于问她：“你觉得人生是什么？”

那一刻我已决定，无论她怎么回答我都会爱她。27，是足够的数字。

她说：“人生是一个谜。”

那天，我以前的男朋友说，有一部电影，里面有一个为了打赌而去与女孩交往的男人，后来他赢了，真相大白后，女孩羞愤而去，男人后悔了，返回去找，这时被流弹击中，男人临死前说：“我只想说，我爱你。”

真奇妙。

从前，我常常想：人生到底是怎么一回事呢？在临死的时候，我会明白什么呢？每一个人得到的答案是一样的吗？我们都有接力棒吗？

在我死的那天，我仍然什么都不明白，但我知道我就要明白了。我吃力地快乐着。

因为我终于又打通了她的电话，我告诉她：人生是一个谜，而我只想早点知道谜底。

杯子

珊瑚走了。这一次是真的。

她一向睡在我右边，因为门在左边，她说："男人就该睡在靠门的那一边，表示愿意保护他的女人。"

她总有那么多奇怪的理论，虽然经常前后不符，但她就喜欢卖弄小聪明。她确实很聪明。

于是我一直睡在床的左边。我们定做了一张很大很大的床，因为她喜欢滚来滚去，一晚上不停地翻身，早上醒来永远是皱着眉头，很累的样子。

我是个笨人，总是笨手笨脚，有时候，做爱的时候，她的头顶到床头，发出"咚咚"的声响，我吓坏了，她傻笑地看着我，说"Go on，baby"。

基本上我们是相爱的，虽然她是那么孩子气，但不过分，她还是可爱的。我想是我不好。

她一走，我就把灯关了。这时，透过照进屋里的月光，我看见右边的床头桌上，那只新买的圆胖的杯子闪着淡淡的光。

我伸出手去，握住那只胖杯子，杯子里的水还是温的，我有一刹那的恍惚，以为她躲在洗手间里不肯出来，可不是，她是从大门走出去的，走的时候，还是不能免俗地摔了门，因为那个声音太大，我觉得现在屋子里实在是太静了。

我端详着这个杯子。我一向不注意细节，今天在月光下才看清，杯子上面是白色的，下面是一种有点暗的绿色，绿色里画着一只胖胖的鱼在游，珊瑚喜欢鱼，她说鱼显得喜兴，说这话时她就像条活泼的鱼。

我是沉闷的人，因此第一次见珊瑚，就喜欢她了。当时她站在街边，手足无措地等我们共同的朋友。后来她说，她已经通过朋友的描述，知道那就是我，可是她涨红了脸也不好意思过来打招呼。而这一犹豫，我就沿着马路走远了，她更不好意思追，只得一直在原地站着。

朋友来了，一边道歉一边介绍我们认识。我是君子，一向眼观鼻鼻观心，从不随便打量陌生女孩，但珊瑚的眼睛太明亮了，我只好向她笑，她很大方，伸出手来，很有劲地与我握，我知道她有点紧张。

那晚上珊瑚很少说话，但只要她一开口，就逗得大家笑，她喜欢耍贫嘴，但不过分，即使是过分的贫嘴，也因为语调的无辜变得很容易接受。我那时想：多快乐的女孩啊，跟她在一起，一定也很快乐。

隔了三天，我才给珊瑚打电话，因为我老派，不想给人感觉太迫切。但珊瑚在电话里的声音是非常迫切的：“吃饭？好啊！在哪？”我真喜欢她的直接，让人心里暖洋洋的。

那天下雨，珊瑚没打伞，只打了车。她仍然很沉默，但只要一张口，就是伶俐的，让人愉快的。我还约了另外的朋友，他们也喜欢她，问："她是你从哪里找来的？"

所以接下来的约会，就只是我们两人了。过了一阵子，我请她搬过来与我一起住，她想了想，说"好，省钱"。她不愿意自己尴尬，也不愿让别人尴尬，轻轻松松就把这件实际上是大事的事大事化小了。

我比她忙，每天回家都有新发现。几只黄色靠垫，一张格子桌布，家里越来越温暖。她喜欢看男人用大杯子，给我买了一只巨大的、上面印着玩偶的杯子，可是杯子大到只要装满水，我端着它手腕就会酸，终于有一天失手，给摔坏了。

当时珊瑚用着一个她以为中等实际还是很大的蓝色杯子，上面印着很多热带鱼。她把杯子洗干净，推给我："你先用这个吧。"

到现在，我都还用着这个杯子。

她自己去找了个古怪的杯子来用，做成南瓜的样子，有鼻子眼睛的，脑袋上还有一个带南瓜把儿的盖儿，她说："这个太小孩了，你不合用，凑合用我的吧。"

其实她是很体贴的，为什么我在这时候才想起来？

家里没有给客人准备玻璃杯或者瓷杯，我们都嫌麻烦，她去超市买了几袋一次性杯子回来。她是有些偏执，不买带花纹的，只要纯白的。

我们最初的生活很愉快，我以为这样的生活可以一辈子了。

直到那天，我又遇到小海，她从外地回来，找我聊天。小海是那种很放得开的女孩，在我单身的状态下，我们曾有过几夜情。小海很懂得把握分寸，我不是她要的那种人，她也不是我要的那种，所以我们在一起很好，因为有默契，有默契地不要未来，我们在一起是非常没有负担的，是了解到身体的好朋友。

小海找我的那天，本来珊瑚说要早回家的。我和小海约在酒吧聊天，但真的是有阴差阳错这回事吧，我眼看着珊瑚竟和一个女伴走了进来，带着笑意，我看出她有点喝多了。

我是有点担心的，珊瑚知道我与小海的事，而且她们远远见过，珊瑚对这样的事情很不高兴。

我没有招呼她，只是一直不错眼珠地看着她，她晃着走过来，一屁股坐在我旁边，看着小海。我说："珊瑚，这是小海。小海，这是我女朋友珊瑚。"

小海没有那么在乎，说："你好。"珊瑚也很淡淡地说："你好。"

我更担心了，珊瑚越冷静，代表心情越坏。

珊瑚站起来，说："我去那边坐，你们聊。"我已经听出她的克制了，我盼望她一定要克制住。

珊瑚坐在我能看得见的地方，与女伴絮絮聊天。我与小海的对话已经心不在焉了，不时瞟珊瑚一眼，突然，我看见珊瑚哭了，哭得很惨。

我很茫然，只能选择硬撑着假装没看见。

珊瑚霍然起身，直向我们走过来。

“我累了，我们回家吧。”她说。

外面下很大的雨。小海脸上浮满笑意。平时珊瑚不会这样，但今天为什么喝了这么多酒？

我听见自己冷淡地回答：“我要再坐一会儿，你先回去吧。”

我不知道自己为什么要这样说，也许是为了面子？

珊瑚的泪落下来了，哭着一字一顿地说：“我——没——有——伞——啊！”非常的委屈。

我生气了，没有伞要说这么大声吗？

小海不动声色地坐在对面抽烟，我突然觉得珊瑚非常的不可理喻。

三个人沉默地对峙着，珊瑚的女伴在旁边张望，不敢过来劝。

终于，小海拿起包，说“我先走了”。

她有伞。

等她消失，我质问珊瑚：“你想干什么？”

珊瑚一脸的泪：“她是什么人啊?!”

“她是我的朋友！”

“她是哪一种朋友啊?!”

我气急了：“你看你珊瑚，你现在就是一个泼妇，你好意思吗？”

珊瑚突然不哭了，咬着牙点头说：“不错，我就是泼妇。”抓起烟灰缸就砸了过来，我一闪头，烟灰缸重重地砸在我身后的墙上，烟灰落了我一身。

我愤怒了，冲上去扭住她的手，她哭：“疼。”

她的女伴终于冲上来拉开了我们，一边在旁边说些不着边际的劝架的话。

我与珊瑚对坐着，一言不发。她一直流眼泪，一边擦，直到再也流不出。

我拉起她回家，她的女伴说：“不要再吵了。”

到了家，我把她使劲拽着我的手甩开，就躺到床上去了。

珊瑚开始哭诉：“对不起。我太生气了，再怎么样也不该砸你。”

我生气地说：“你已经这么干了，我们俩完了。”

珊瑚的声音颤抖着：“就为了她？为了她你要跟我分开？”

“是，你太过分了，我真恨我自己为什么要这么宠着你，让你没大没小，丢人现眼。”

珊瑚歇斯底里地喝骂：“你凭什么要这样啊？如果不是你以前做过那样荒唐的事，我会疯吗？”

“你自己看看自己。”

珊瑚说：“我已经看了，如果不是计算得清楚，那个烟灰缸早砸在你脑袋上了，我算准你会躲向左边，所以才没砸到你啊。你真的不知道吗？”

真荒谬。我说：“你走吧，我没心情理你。”

我看见珊瑚拿起那个南瓜杯子，冲到窗前，猛地把它扔了出去。

我们住在五楼。安静的夜里，我清楚地听见杯子落地四分五裂的声音，很脆，脆得让人伤心。

珊瑚趴在窗台上哭。

我被她吓到，连忙冲过去抓着她肩膀，说："你干什么？你干吗要把杯子扔到外面？"

她哀哀地抬起脸，淌着泪孩子气地说："我想如果碎在屋里，说不定会扎到脚，还要我们自己收拾。"

被她气得笑了。

那夜我们疯狂地做爱，我们意识到，自己是多么爱对方。几次我以为，她瘦弱的身体会断成几截，谁知道她就像死过再生一样，不断汹涌地扑上来。

早上醒来，我看见她美丽的背影在窗前，像一只鸟。她听见动静，回头看了看我，突然仰起头，我看见她的背因为发力而突出的筋骨，她向远方大声地喊："滚——"

我沉默地看着她转过身来，疲惫地坐下，安静地躺进被窝，只露一个毛茸茸的头在外面，两手在被子里揪着，一字一顿地说："让那些事都滚蛋吧。"

世界上没有无缘无故的事。虽然我不再提起那晚，但小心翼翼的表情和呵护，明显表现出完全没有忘记。

我从来没见过珊瑚这样的女孩，她哈哈大笑一如往常。我忍不住问她，她说："我记性很坏。"我真的以为她记性很坏。渐渐她变成一个哈哈大笑着的恍惚的人，时常把家里有的东西买完再买，有一天我看见她买了整手提袋的卫生巾，开玩笑问：“你要拿它做床单吗？”她傻笑着反问：“你知道什么叫安全感吗？”

很快要到她的生日，问她想要什么礼物？她想了半天，只说“随便你吧”。我很怕女孩说“随便”，摆明是要挑战我的智商。

那一阵子我非常的忙，仍然抽出时间去逛商店，但仍然不知道应该买什么给她。她是细心的人，我就给自己开脱：反正买什么她都会喜欢，因为买什么她都不一定喜欢。但她是善解人意的，一定会表现出喜欢。

她生日那天，我送给她一个小小的音乐盒。失望地发现，她没有表现出欣喜。她尽力了，失败了。

她拿出一个一模一样的音乐盒，说：“别人送的。”

一样吗？我上好弦，听，怎么都觉得不一样。

后来就快到我的生日了，珊瑚买了一条腰带送我，我总觉得她是别有用心的，是的我承认我开始对她有所保留。

那天我们与一些朋友喝酒，珊瑚打扮得很贤淑，静静地听，不再插嘴。朋友们都说：“珊瑚被你收服了，变得老实多了。”

回到家，珊瑚又从包里拿出一个纸盒，我心情还好，问：“还有礼物送啊？”

“不，是我送给自己的。”

她小心地掏出来，是一个杯子。

她有点失望地说：“其实我生日的时候，很想你能送给我一个杯子，表示你仍希望与我在一起。”

我不了解女孩的小心思，问：“你当时为什么不说呢？”

她笑笑：“没关系，我自己买也是一样的。我想跟你在一起。”

珊瑚走了。这一次是真的。

月光下，我抱着那个杯子，从她买来那天起，我就没有好好地打量过。从那次吵架后，我也没有好好打量我们的生活。

这一次为什么分手，半小时前的事，我竟忘记了。我以为没多么严重，但是，珊瑚的心里不是这样想的，她的心就像一个杯子，早摔在窗外的地上，四分五裂。而我，没有想过为她找回来。

从那时起，她就对我失望了吧？

我看见白色的杯沿上，还有珊瑚淡淡的粉色唇印，我打开灯，唇印非常清楚，还有她嘴唇上的纹路。我闻，淡淡的香。

她就这样离开了我的生活，我一直没有洗过那个杯子。

我想起来：我从来也没有自己刷过杯子。

黑梦

那年夏天始，我频频做着同一个梦。

那年我十七岁，第一次失恋。

世界一夕之间坍塌下来。我没有经受过如斯痛苦，完全不知所措。

相信了伍子胥一夜白头的故事，只一夜，我的黑发变作枯黄，人瘦了两圈，并皮肤晦暗。

悲痛之余没有忘记仔细地观察生活，觉得人真是脆弱的动物。

白天在学校里，同学很呵护我，我不能对不起关怀，但到吃饭时，仍每每无缘无故对着饭粒鼻子一酸、无语凝噎。

白天不快乐的生活，反映到夜晚不快乐的梦境。

那个梦没有什么情节，但很恐怖。

我梦见自己在黑暗里。黑暗多可怕，因为无法了解黑暗中有什么，可能面对面就是一头狼，一个变态杀手。没有比未知更可怕的东西。我哭起来。

第一次做这个梦，早上醒来时长吁一口气，看到朝阳把纱窗的纹路细细打在墙上，觉得生活还是好的。

但是连续做起这个梦后，我警惕起来。

再次身处此梦中，我开始在黑暗中摸索，但徒劳。黑暗的延续能是什么？还不是黑暗。

我在黑暗中跌跌撞撞。

第三次，我在梦中意识到，这片黑暗是笔直的，并不宽，我的手曾触到两侧冰冷的墙，因无法掌握力度，还窝痛了手指。

醒来想：夜里一定伸手去摸床边的墙了。

马上要高考。那个男生因要考艺术学院，早早不来学校念书，四处去参加专业课的面试。

还好不用成天面对他，但仍会在复习的时候想：他考得怎样？他过得好不好？他有否结识新女友？

模拟考试的成绩一次不如一次，试卷发下来，觉得满纸都是他名字。

那时我开始发毒誓：绝不在同学里找男友，将来如果工作，也绝不在办公室里找男友。兔子不吃窝边草，吃多少就会以几倍的鲜血为代价吐回来。

而那个黑暗的梦，隔一阵就会来骚扰我。

慢慢我不会觉得意外，因梦的进展很慢。每次都是不停地在一条路上摸来摸去，但我仍在梦里哭泣，会蹲在黑暗中想我爱的人已不爱我，我还误入这么个鬼地方，为什么如此命苦？

天渐渐热起来，蝉不知哪一天开始长鸣。操场边的柳树叶卷成一团团，中学生活快要结束。

那男生的专业课考得差不多了，有时回学校来取些东西。我们会不期而遇在楼道里、操场上，躲不过的，我也没想躲。

我想看看他变作了什么样？想从他的表情中看出些许端倪，是否对我有所留恋？

但没有，他笑容可掬，非常有礼貌并有距离地跟我打招呼。

看不见他的日子里，我以为自己康复了几许，见到他则完全崩溃。痛苦之外，加上了恨。他怎么可以这么若无其事？

年轻的缘故吧，觉得他是在玩弄我的感情。想不通自己为什么这么笨，竟给他玩弄了呢？

当晚在黑梦里，跌了一跤。

我一直以为黑暗里的路是平的，今天稍转身，大概是拐了个弯，竟一脚踏空。

坐在地上，我以脚向下探索，一级一级，天，是楼梯。

到底是什么地方？我又哭起来。

六月底了，同学都明显烦躁起来。看到有女生在倾盆大雨里狂奔，有男生打四楼的窗户往外扔撕得粉碎的考卷。

我的外表，一如既往的安静。同学有心也无力再关照我，自顾不暇。

据说每年高考都会下雨。憋的。

老师把我们放回家中，自己温习。我便每天坐在窗前发呆。有一次看见那男生从对面走过，搂一个穿粉色衣服的小小女孩。

我又发毒誓：一定要离开这个地方。绝不能在同一个地方生，同一个地方长，同一个地方工作结婚生老病死。

环境太熟悉，没有自我不说，处处触景生情，慢慢同学、邻居都变作家人，谁都没有秘密，有几套换洗衣服都被了如指掌。怪不得要考大学，大学不是随随便便马路边就有，不过为了离开。

高考前一天，黑梦有了新进展。

我努力小心翼翼抓紧扶手下了楼。每一段楼梯都有十几级，这应是座大房子，不是普通民宅。

第二天果然天阴，考着考着大雨瓢泼。

我答得很快，然后看窗外一片白茫茫雨柱，想：人生不过如此，被时间逼迫着向前走，没地儿躲没地儿藏的，不想面对迟早也要面对，然后也就匆忙间把该干的都干了，哪儿有那么多前铺后设。

让暴风雨来得更猛烈些吧!!!

高考结束后，我跟同学到大连玩。猜换个地方睡觉，也许就不会再有那个黑梦。白天已头头撞到黑，梦里仍伸手不见五指，太残酷了。

但它仍在，并每一次都会有小小进展。我摸到楼下，摸到门的扶手，如何用力也拉不开。

隔几夜，发现走廊两侧都有锁得紧紧的门。

我没有与任何人提起，因为全然不明白是怎么回事。我怕跟旁人说了，他们的想象更恐怖。这样的事讲出来，绝不是轻描淡写那么简单。

白天混着玩，很累。海边挺美。

看拍回的照片，我着白衣白裤，双手插进裤兜，长发被海风吹上天。任怎样失恋，心里还是极为自恋的。为什么他舍我取别人？

返京前一天，我的梦不再是纯黑。

有了灯光。

那晚同屋的女孩跑去与男友游夜泳。睡前，我一个人到露台看星。

我的方向感奇差，从没在天空中找到北斗七星。

那天晚上天气很好，没有月亮，但见满天星星闪烁。只一眨眼工夫，我看到流星划过。

啊。我来不及地在心里叫了一声。

夜空又恢复平静。只听见不远处海浪冲上沙滩的声音。

很静。无声的静让人恐怖，有些许声响的静就踏实多了。

我发问：上天，我会不会重归快乐？

这时，又一颗流星划过，比刚才那一颗走势慢且亮。

啊，我叫出了声，直到看不到它。

那一刻想：一切都会过去的。

黑色梦里，我的脚步顺畅了许多。发现自己穿着高跟鞋，在安静的楼道里发出笃笃的声音。从前总是三步一挪，没有意思。

我料定这建筑物分数层，每层格局差不太多，此次更大胆地下了一层楼。

就在这一层，我看到有一扇门下倾泻出黄色的灯光。

我呆住。发现自己已习惯一片漆黑，有了光，竟吓得醒了。

无梦时会做思想斗争，应不应到那门里看看？但接下来的一个月分数要下来了，梦境完全混乱。常梦见在考场上，题目极其荒谬，却一个字也答不出。有一次居然梦到问阿拉伯神话里可以飞出魔鬼的神灯叫什么，选择题，四个答案是“阿拉甲、阿拉乙、阿拉丙、阿拉丁”，而我居然不知道。

压力太大了。有时会想：恋爱，高考，人生中的大事接踵而至，我长大了。再回不去从前。怅然若失。

发榜了，我的成绩不好，只入走读大学。住校的梦想破灭，仍要整天面对熟悉的三姑六婆。

但好歹有地方落脚。想起考前的糟糕状态，万幸了。

不想知道他去了哪里也不行，总有好事之徒讲给我听。他也没离开本市，但住校。

入校报到，见到同学个个也算斯文光鲜，校园不大但整洁，总算闻到了一点自由的气息。

最重要的是，一切重新开始，从一点一点认识新同学开始，熟悉校室，熟悉老师，熟悉一条新的上学的路线。

生活中有了那么多新鲜的东西，我不想放很多精力在这里都不行，旧梦不需记。

最后一次做那个梦是在九月末。

我站在透出灯光的门外，听见里面传出音乐。很伤感的音乐，如果可以用颜色形容，是黑色的。

我又哭起来。

当时自己都知道是梦，一个看戏的自己对演戏的自己说：你以为你是水龙头呢，你歇会儿行吗？

哭的那个完全充耳不闻。

这时，门里传出一个男声：“谁在外面？”

这一惊十分的恐怖，我习惯了黑而沉默的梦境，这当下竟有外人闯入，顿时魂飞魄散，撒腿就跑。

听见身后有人拉门，跟了出来。

黑暗中，懵懵懂懂地跑，跑得没有方向感。似乎还能闻到若有似无的陈腐的气息。

在梦中狂奔的我，眼前渐渐亮了起来，能看见飞速退后的门廊。我下楼梯，拐向一片黑色的布，妄图裹在黑布里，好不给身后那来历不明的人看见。

但是，他始终没落下。

我穿过黑布，发现自己站在一个剧场的舞台上，那股不常被光临使用的空间里特有的霉味十分真实。太荒谬了，我对自己说。

我飞快地跑下台侧的台阶，跑向后排座椅，埋身在椅下。

脚步追到了台上，停止。

我屏息静气。

一会儿，听见他走向一侧，啪啪的声音，仿佛是推开电闸。

舞台上亮了起来。

我偷偷从椅缝里窥测，见一个黑色的身影笔直地站在台正中。

他在明处，我在暗处。他看不见我的，我安抚自己。

他突然问："你是谁？"

"你有什么委屈？"

"你说出来吧，说出来心里就好受了。"

我不出声。

"你知道吗？人不能憋屈着自己，有苦就要发泄出来，没什么大不了的事，这世上能有什么大不了的事？哪摔的跟头哪爬起来，哭顶用吗？"

我醒了。

是，能有什么大不了的事。不就是失个恋吗？

谁没失过恋啊?!

从此，我再没做过这个梦。

我像所有平凡而正常的大学生一样，不特别用心地念书，却用心地参加各种社团活动，结交新朋友，看书看电影。考前兵荒马乱，考完疯狂玩乐。

四年的大学生活，达到了增长见识、培养气质的目的。

甚至，在高校运动会上见到初恋男友，二人有说有笑，如老友般称兄道弟。

学生生涯就这样无疾而终。

毕业后，我进入一家房地产公司做秘书。

不再自恋，知道从低做起，放下一切身段，笑脸迎人。

打水、沏茶，从前看不起的行为，我都可以满面春风、让人丝毫感觉不到敷衍地做到最好，仿佛生来就该干这个似的。

认真地对待手上别人看来一点都不重要的事情，即使是接电话，我也能察言观色，让来人受到最恰到好处的接待。

付出自有回报。我很快被调到业务部做助理，学习统筹管理业务人员的工作分类、安排指标、工作计划、业绩统计等等。

这已是公司里颇为吃重的角色，从前对我不看一眼的师兄开始暗递秋波。

但这些人不是我想要的。

有时，会想起黑梦里那个男人。他长什么样子？他为什么会出现在我梦里？他是上天派来点拨我的吗？

我把他的身形、声音分析了又分析，结论也不过就是三十岁左右的家常男子，唯一特别的是声音极其动听。

但他是干什么的呢？为什么会与剧院毗邻？

转眼又入夏。

天长起来，我的工作量已经很大，常常在下班后，与三两同事到饭馆喝上几瓶啤酒，再返回去加班。

企划部的李健也开始漫无目的地加班。同事看出苗头，自觉留下二人空间。

李健是学中文的，文笔出众，性格活泼，常在我疲倦时，适时地提供各类笑话消遣。

但是，他样子矮矮胖胖，十分平凡。当然，在更好的出现之前，我并未泼灭他的希望。

李健劝我出来玩，应多认识些别的行业的有趣人物，听听别人说些不同的话也是好的。

他的朋友华，是文化馆的干事，乐天的单身汉，闲暇时组乐队演出。

华有艺术家的邋遢，但缺少才华。作为受欢迎的朋友，一大本领是讲鬼故事。

那天在路边的排档，天渐渐黑下来，北方早晚的温差很大，我披着李健的外套，听华口沫横飞地讲："这是我自己亲身经历的一件事。"

他吞了口酒："那会儿我刚到文化馆，家住得特远，就想晚上住在文化馆，不用每天两头跑，忒累。结果有些老人儿就跟我说，'你可别介，住这儿？还是免了吧。'我问怎么啦，他们说：'这文化馆，晚上闹鬼。'我说不会吧，这社会主义中国，能有鬼吗？他们就给我学，说前俩月有人晚上在这楼里值班，听见楼道里头有女的哭，还有脚步声，吓得根本不敢开灯不敢出门，一晚上都没敢起夜，早上给尿憋坏了。”

李健笑：“真的假的？你就爱吹。”

“真的真的。”华说，“我不信那个，我长那么大，就听说过没见过，好歹让我也见一回，我就生住下了。结果，嘿！”

他一抹嘴，比画着：“有一天夜里我正扒带子呢，真听见外面有个女的在哭，声儿还挺大，绝对不是幻觉。”

他适时地停住，整个排档的人都不出声，等着下文。

“给他妈我吓坏了，整个人在椅子上抖，根本动不了。你想啊，那么大一文化馆就我一人，屋里又没电话，让鬼弄死都没地儿通知人去。后来我就琢磨，这女鬼她哭什么呀，哭，肯定是冤，那她肯定不是什么厉害鬼。我一大老爷们，又没做亏心事，我不怕鬼叫门。然后，”他腾地站起来，“我就隔着门大声问，‘谁在外面？’外头突然就一点声都没了，给我吓的，她有反应呀，更不是假的了。然后我就听见噔噔噔噔，脚步声往远里跑，估计这鬼还穿的是高跟鞋，倍儿响。我一听她跑，那我还怕什么呀，明摆着她怕我呀。我拉开门就追出去了，我得把这邪门事弄清楚了。”

“这鬼一直跑到连着我们办公楼的文化剧院，没声儿了。我就站在那台上，”他指指李健，“就我们老演出那台上。”

李健点头：“知道知道，接着说。”

“那么大一剧院，一点声儿没有。我在台上站了半天，才想起来到侧幕把台上的灯打开了，后来一想我在明处，她要是藏在暗处，我也没地儿找她，再说我干吗非得找着她呀，她要是特难看我不是自己吓唬自己吗？我想这鬼肯定有一肚子冤屈，我开导开导她，想开了以后别吓人就得了。我就站台上，跟诗朗诵似地，说‘你是谁？你有什么委屈？你说出来吧，说出来心里就好受了。’”

他挺胸撅肚的样子很可笑，旁边有人哄：“瞧你丫那德性。”

我笑不出来。

“我是真想把她劝明白喽，特别苦口婆心，又说‘你知道吗？人不能憋屈着自己，有苦就要发泄出来，没什么大不了的事，这世上能有什么大不了的事？哪摔的跟头哪爬起来，哭顶用吗？’”华看着李健，希望他支持似的。

李健笑：“行啊你，跟鬼讲道理。话是废话，但是废话都没什么毛病。”

华自负地说：“打这儿以后，这文化馆再没闹过鬼。你信吗？”

呆坐一旁的我如五雷轰顶，完全找不出其他的词儿形容当时的感受。也许这里只有我把他的故事当回事儿，会在爱吹牛的他讲完后久久无法形神一体。

但我如何也不相信世界上有这样的巧合，我问：“你带我们去看看那个剧场行吗？”

难得有人对华的故事表示兴趣，华兴冲冲穿上拖鞋，一挥手：“走。”

闻到那股熟悉又久远、陈腐的、剧院特有的味道时，我知道，是了，那是我的梦。

我看着台上的华，那个梦仿佛于此刻重新上演，不同的是，这一次我镇静地、端正地坐在观众席上，看着他。

华是我要找的人吗？这不能不算是一种缘分吧？我是不是该重新认识他并深入地接近他呢？

我看着台上口沫横飞、比比画画的华，脏乎乎的上衣，挽着的裤腿下浓重的腿毛，脚上一双画着 NIKE 标志的盗版蓝色拖鞋——啊，不。我对自己说。

走出剧场时，天已黑透。满天星光，没有月亮。

我看见北斗七星遥远地凝望着我。

那一刻，我知道这世上没有传奇。所有发生在我们生命中的故事，即使蹊跷到百转千折，也只不过是巧合。

即使生命，也不过是个巧合罢了。

我知道，我将平凡地生活下去，到终老。

地铁

每天上下班，要坐两个小时的地铁。

这两个小时的路程，是非常枯燥的。极少会遇见认识的人，而且，即使遇见，也不愿意跟他们讲话。不知道该说些什么，客套寒暄那一套，我是非常不熟悉的。

如果不瞌睡，就只好一双眼睛转来转去，强迫性去发现有趣的人事物。

我最擅长的英文句子，就是报站名，最喜欢看的自己，就是从地铁车厢的玻璃上。因为背景长时间是灰暗的，所有的人照在灰背景上，都显得两颊凹陷，清瘦无比。

当然，从地铁站一爬出来，该胖的地方，一点没瘦。

常年坐地铁，心情会变冷淡，会觉得一切都在晃动，全部是梦境。

我最近观察到，地铁司机，男的，都非常的帅。

我为这个新发现欢欣不已。要知道，与人讨论到哪儿才能举目皆帅哥，谁也想不到会在地铁。

为了少走路，我总是选择乘坐靠近地铁出站口的第一截或最后一截车厢，于是，我可以看到每到一站，车头或车尾机厢里的司机走出来，站到站台上，然后，看到所有的门都关好，没有夹到什么人，没有露在外面的衣服角，才会最后一个上车，这时，地铁才会轻轻启动，向前面的黑暗进发。

地铁司机也有女的，但很少，我只见过两个。

我想，选择漂亮面孔的男司机是正确的，因为，地铁由黑暗中呼啸而来，迎面看见的再是狰狞的歪瓜裂枣，那场景，光用想的，就蛮诡异了。

而这些年轻漂亮的小伙子，可能因为常年少见光的缘故，都有一张光洁的很白很白的脸，看上去非常文弱，气质忧郁。

每天，我会坐同两趟车，坐在同一个位置。

这个城市里，大多数人还是过着单调的生活，复印着前一天，再前一天的日子，直到复印机的墨粉渐渐用光，印出来的图案越来越淡，最后，一张白纸进去，一张白纸出来。

谁能带来一点改变？就一刹那也好。因为，我知道我将一直过着这平庸的生活，所以，才希望，某一天，出现一个如同梦境的情节，所有人都不知道，我将暗地回味。

就是那天，我急匆匆地奔向站台，地铁车门正在关启，我想要挤进那一条缝里，嘴里毫无意义地咕哝着：“等我一下，等我一下。”

站在紧闭的车门前，没有人等我。

我有点失望。真是很贱，没有赶上常坐的那趟车，还是会觉得沮丧。

根本不去想，也许因为打乱了行程，会有意外事件，无论惊喜或恐惧。

车尾的那个司机还站在站台上，他看着我，带着笑容。

那并不是一个幸灾乐祸的笑容。

“要不要跟我坐在这里？”

我呆了一呆，但顿悟时间不容我多想，满车人在等。

我高兴地随他进了驾驶室。

这一趟，他是车尾，那么回程的时候，他就是车头。现在，他没什么事。

我们都没有说话。我不会问“你叫什么”，他也没有开口。因为沉默，地铁隆隆的声音，显得比平时更吵。我一直背冲着前进的方向，看见一截截的黑暗被抛在后方，就像，逃离。

这多么像是童话，像童话里王子带着公主，骑着马离开黑暗的城堡。我想入非非。

不过现在，是坐着地铁离开黑暗的城堡，也挺浪漫的。

但谁是王子谁是公主？我看了他一眼，他非常好看，白皙的脸，炯炯的眼睛。可我，我哪像公主啊？

他感觉到我看他，笑一下，然后，接着低下头看报纸。

我一直局促地坐着。脑子里却像个小疯子一样胡思乱想。

进站，出站，黑暗，光明，人来，人往，上车，下车，真是个繁复的世界。

到终点了，我下车，他也到站台上。接下来，他要成为车头了。

他们要再往前驶一段，驶到“人”字的顶端，再往回走。

我说："谢谢你。"

"不用。"

"再见。"

他说："再见，下次跑快点，要不然，就赶不上了。"

我用力地点着头，对着面前可能再也不会见的年轻的地铁司机。

也许有一天当我年老，坐在午后阳光下的躺椅上，记忆里惊鸿一瞥地闪过一张苍白的脸——这足够那一个下午用了。

约定

他们问：“你们为什么分手？你和启生？”

我总会笑着答：“没什么啊，就是分手了，可能因为有些地方不合拍吧。”

那算不得一回事，真的一切都过去了——所有的人听完以后都这么想，包括我。

一个月里，总会有两三个人这样问。有时我会不明白，是我交游广阔，知道我与启生的事的人很多，还是他们记性很坏同样的问题要翻来覆去地问。

不知道有没有人问同样的问题对启生。不知道他怎样回答。

以前，所有的人都说：“你与启生，真是郎才女貌的一对，为什么会有这样合适的情侣？”

我也这样觉得，以前。有时候对着镜子梳头，他会从背后温柔地扑上来，抱着我。我们看见镜子里的两个人，同样微笑的唇角，同样微笑的眼角，那是相处多年的情侣才会有的默契的相同。

其实就分手的问题，我们谈过很多次了。开始，谈到最后，两个人会伤感，第二天太阳出来，前一夜的商讨如同露水，见光即死。后来，再谈，像是儿戏，津津有味地商量，谁也不当真。最后，正式分手，两个人都傻了，不知道原来真的会有这么一天，为什么为什么为什么？那个夜里，电闪雷鸣，虽然身处一个亚热带城市，电闪雷鸣是家常便饭，但还是觉得这种戏剧化的场景催人泪下。

我们没有对任何人说出分手的真正原因。没必要知会天下是一回事，那个理由确实也不可理喻——因为，启生不肯与我结婚。

我百分之百地肯定，启生与我是相爱的。

但启生就是不愿意结婚，与我，或是旁的人，他都是不肯结婚的。

我很想在交往这些年后，能够真正地步入婚姻生活。

我传统，认真与一个人的交往，就是为着朝着婚姻的方向，也就是说，从一开始，就是为了试试看可不可以结婚，才交往一下先。但是。

最初启生没有表示过不愿意结婚。

我们热热闹闹地搬到一处，买房子，装修，购置家具，一切按部就班地进行，那么，万事妥当之后，结婚不是顺理成章、水到渠成的事吗？

不光我这样想，所有的朋友，身边的人，都会语带羡慕地问：“要结婚了吧？”

也许是我太过自信了。而生活在每个人的设计中，走不同的轨迹。你所以为的道理，在另一个人的脑子里，完全是不可思议。

感情进展到这里，我才惊觉与启生的差距。

有时候觉得，这就如同一个约会，他对你说“请你吃晚饭好吗”？然后与你一同为了表示对这次晚餐的重视，买晚礼服，甚至，买漂亮昂贵的首饰，敦促你化一个艳妆，还提些中肯的修改意见，然后，租一劳斯莱斯到了酒店门口，你准备与他一起下车的时候，他才诧异地望着你说：“我只是说，请你自己打起精神，好好地对待自己，用最好的状态，自己吃一顿晚饭。因为生活其实是可以这么美好的，你自己可以做到。”然后，扬长而去，剩你一人味如嚼蜡，而且，自己买单。

与启生分手后，我常陷入这个电影情节里找不到继续演绎下去的线索。

为什么为什么为什么？我总在夜不能寐的时候问天：“为什么？”

难道我自己不知道好生活是什么样子吗？我没见过猪跑也吃过猪肉，何劳你来告诉我呢？为什么不愿与我结婚却过着与婚姻无异的生活这不是闪我吗？如果我不想结婚为什么会对你这么用心，你没想过吗？你以为粗茶淡饭一灯如豆，一人一室，一厅一卫的生活我就不能过吗？那更胜过与你一起水中捞月的“晃点”型生活啊。为什么启生？你对我有没有尊重？

每次与启生探讨到这里，就无法再探讨下去。我与他的思维在此时完全变作平行线没有交会的可能，他会苦皱着眉头问：“辛追，你为什么一定要结婚？我们这样不是很好？结婚有什么意思呢？”

“我们相不相爱？”我问。

“相爱，那是毫无疑问的。”

“相爱为什么不结婚？”

“相爱为什么就要结婚？”

“为了在一起啊！”

“现在我们没在一起吗？”

“为了天长地久啊！”

“天长地久也不意味着非要结婚啊。”

“为了有了责任感，不会轻易地分手啊。”

“难道你现在就没有责任感，会轻易与我分手吗？”

“女人的青春短暂啊！”

“为了青春不再才要以婚姻拴住男人，这不是嫁祸于人吗？这种前提的婚姻，有诚意吗？”

“既然结不结婚没有区别，为什么就不结呢？”

“为什么要结呢？”

我相信看官们明白了我的苦楚。这就叫鸡同鸭讲。

分手，因为累了。累了这种茫然四顾找不到前途的生活。我是刻板的人，不能接受不按常理出牌，太有创意的事，不是我能做得了的。

这一次我是真的铁了心。

轮到他追问："辛追，为什么为什么为什么，为什么要离开我？"

我无言以对。

让我怎么开口说"启生请许我个未来"？那太可笑了。

分手在电闪雷鸣的夜里，我选择撤离，无须在一起过最后一夜，因为我知道，那样，就分不开了。

但故事没有就此终止。

我们相处多年，至亲至爱，有很多东西是无法立时割舍的。

我迅速谈了新的恋爱，因为，我就是理智啊，我知道，只有用这样的方法，才能完完全全地堵住退路，他的，我自己的。

城市那么小，他应该迅速地知道我的现状。我们偶然会通电话，但是他不问我不说，仅此而已。

但，慢慢我才发现，不仅相处是困难的，其实恋爱也是困难的。不知道是不是要求过高，我找不到像启生那样让我全盘接受的人。

我与新欢相处了也有年余，然后，还是分手了。

启生在我这里的不一样，是因为，那些恋爱的对象，从一开始我就知道，只是恋爱而已。

但偏偏这个最合适结婚的人，不肯娶你，真是郁闷到极点。

启生仍是我最大的梦想。但恢复到一个人的状况后，也没有像个轻薄女子那样，急急地与启生多加交往。一切如常，偶然打电话联络，不深究对方的生活，说些轻浅的烦恼，给点建设的意见，加点适度的叮嘱，不要亲密不要亲密，我们都克制着自己，我们是成熟男女，干不来吃回头草那一套。

干不来，但可以用想的。我会想，想与启生如果复合，会怎样？后来，还是抽自己一个嘴巴抛掉这个妄想，他仍然是不愿结婚的，他那样固执的一个人。

在我身边有新欢的时候，与启生联络，总觉得心虚，老觉得自己属于强势一方，很对他不起。现在，刚有了平等对话的感受，却得知，他有了新欢。

到底是女的，周围的人肯定觉得如果告诉一个女的这种消息，无异于打击。这消息是启生自己无意间透露的。

那次在电话里，是晚上，正闲扯，听见门轴因为缺油而“吱嘎”作响。我立时停住了——如果没人在推门，门会自己响吗？他旁边还有别人。

我很不能相信：“启生，你换了无绳电话，你没事推这个门玩干什么？”

他笑了，那笑，是在示意玩门那个人不要再玩了。他说：“什么？我没有啊。”

“你那儿有别人？”

“嗯。”

我知道我不该问，我算老几，可我还是不知自己算老几地脱口而出：

“谁呀？”

“一个朋友。”

“什么朋友？”我觉得很卑贱。

“不是说过了吗，就是一个朋友。”他稍带不耐烦。

我客气地说了“再见”后，收线。

我发现自己竟然急疯了。

我非常非常的介意。我非常介意他有了女友，我无法接受。

针刺不到肉不知痛。发生了才知道，你根本无法见它发生。

我迅速地颓废了。

当然，我唯一能做的，也不过是不再主动与启生联络。

我不是记恨他，我没那个资格。我知晓自己今日的身份。

但是，我很生气地想：既然不要跟别人结婚，就不要与人交往嘛，这不是害人?!

但也可能，这世上有些我无法理解的女性，不在乎这个。

我不断地往自己脑袋上扣屎盆子，心情降到谷底，就算旁人宽慰：“他与那女子，根本不是认真，跟与你交往时的态度完全不同。”

这种解释，我也不能接受，我会想：启生啊启生，你怎么也如那些坏男人，抱着玩的心态滥交女友呢？

在我愁肠百结的端口，启生电话来晚餐。我们分手后，未曾再正式会晤，我一直觉得，那种余情未了的心态，对身边人不公平。

现在我放掉了包袱，所以好好梳洗打扮了一番，前去赴约。

启生一如从前，温文尔雅，我们一如从前，眉来眼去。

在洗手间里，看着镜子里的自己的脸，犯贱似的潮红，满面春色，失望透顶。

我们还是那样爱对方，在分头尝试过之后。

索性打开天窗说亮话吧。我问：“启生，你前一段时间恋爱来着？”

“嗯，不算是恋爱吧，”他若无其事地说，“玩伴而已。”

“你以后就这样打算吗？”我不事后退。

他说不知道。

又说：“不会再有合适的对象，那不如就找玩伴。”

我的脸上一定有掩不住的欢喜了。他这不就是变相地承认，只有我才是他的最佳对象吗？

我们还要再这样兜转到何时呢？

我与启生，一对相爱的人，分别仗着结婚与不结婚的剑，对峙。

相爱到这个份上，了解这样深，谁也无法取代对方在生活中的位置了。

我与启生，又在一起了。

但这次的在一起，谁也没有给个说法。这算什么呢？恋爱？不是。我们不在彼此家过夜，我们不告诉别人我们恢复交往。性伴侣？也不尽然，因除对方之外，我们各自都没有其他对象。

我们小心地绕着一个地雷，那就是：婚姻。

他仍然不愿结婚，他明白地表示过："有人说，不如与你结婚算了。"

"你怎想？"

"还是不想。也许很久后的一天会，但目前，看不到那天。"

他仍然是那样吸引我。他的沉默，正直，幽默，才气，无一处不是我想要的。但我另外想要的，他不给。

每次回到家，接完他追过来的电话，情人般聊完所有可以聊的话题。入睡前，我思考：我要的到底是什么？

我要的是婚姻吗？那多少还是容易的，不过是降低些要求。我相信，如果肯降低要求，我结过十次八次的婚了。有的是不够分数的男人愿意结婚。

但我要的是启生。因为我要他与我长相厮守，所以，我要他给我婚姻，当作一颗定心丸。

那么，如果长相厮守不仅仅只有婚姻一条途径，我愿不愿意取其他的呢？

我辗转反侧多时，得出结论：我愿意。

我问他："启生，你想不想要小孩子？"

"当然不。"他说，"连结婚都不要，要小孩子干什么？"

"可我很想要啊。"

启生沉默着。我明白他的沉默。他不愿我就结不结婚的问题与他争论，他害怕那样的局面。他也怕那样的局面会导致我们连现在的关系都无法维系。他是舍不得的。

“可是启生你说，既然要生小孩，一定要给他最优秀的先天条件吧？”

“是。”他不知我葫芦里卖的什么药。

“所以，不可以随便与一个什么人结婚生小孩。”

“嗯。”

“所以，要找一个能找到的最优秀的人生小孩对吗？”

“你想说什么呀？”他笑起来。

“我想说，我想生小孩，但是想来想去，只有你各方面条件优秀，也就是说，只有与你生个小孩，这小孩的质素才会令我放心。如果你不愿与我结婚也没有关系，借个种怀个胎总是可以的吧？”

“真的？”他看着我。

我认真地点头：“真的。”

过了些天，发现启生总是有心事的样子：“你怎么了？工作上不顺心？”

“不是啊。”他遮掩。

“说啊。”

“在想你那天说，生小孩的事。”

“啊，”我装：“还记得啊？我都忘掉了。”

他有点愠怒："怎么忘了？"

"你想干吗？"

"我在想，接不接受你的建议。"

"很困扰吗？如果要生要养，都是我自己的事。你就当捐精好了。"

启生面带忧色："不是这么简单啊辛追。如果你不知道那是你的孩子倒还罢了，可是，如果一旦你知道那是你的小孩，你会不去关心他的成长吗？"

"你这样自私的人，会吗？"

他不理我关于他"自私"的指责，只一味说："既然生自己的小孩，就要负责。"

"唉，"我挥挥手，"你可真麻烦。"

启生不是不愿意生这个小孩的，我发现。

有些变化，只有最贴近的人才可以感受到。从那之后，我与启生，都开始为造人努力完善着自己。

我对他说："孩子是我的。你永远要记住，你只是借来用用的。"

他微笑，可能真的想通了。如果，既逃开他不喜欢的婚姻，又可以有己出的小孩，何乐而不为呢？

我们继续努力着。

因为这样的约定，我们比从前更加要好，完全过起了居家的生活。

也许他内心深处是有歉疚的：既然不能给我婚姻，给个小孩总是可以的。

我们恩爱非常，却不谈爱情。只等待那个孩了的到来。

因为性爱的圆满，我们更加相互依赖。重新发掘性爱的乐趣。

启生是一诺千金的君子。他一定会给我这个孩子的。

如果五年之内，我没有怀孕，那就意味着我们至少有五年在一起的时光。

如果十年之后，我还没有怀孕，启生还会一直努力吧。

如果一直这样，我没有怀孕，他会一直陪在我身边吧。

我现在每天都吃避孕药。

逆光

我在高处。

高得看不清地面上有人，只看到车。

但我可以清楚地看到对面楼里有个她。

广州的雨季又快来了，昨天夜里，听到很闷的雷声，像有历史巨轮打宿舍的屋顶上轧过。到今天，雨仍没下，估计想憋得更狠点，一旦下了，就不管不顾地往死里下。

奇怪的是，这座城市永远在建设中，没见它消停过。很多漂亮大楼都是我们这个施工队盖的，但是我，跟别人隔得挺远，因为我在高处。

我是开塔吊的。

现在要盖的这座楼，二十三层，我们盖得不快，从一层到九层盖了足有两个月。

到九层那一天，我看见了她。

我的驾驶室，大多数时间向着那座九层的楼。没事的时候，我就把光着的脚架到玻璃上，看对面的人家。

五楼以下住的全是老头老太太，从六楼开始，才见到年轻点的。没辙，广州这地方怪了，九楼以下都没电梯。有时候我都替老人家着急：万一有个病啊灾的，天天爬八九层楼，这不是雪上加霜吗？

九楼住着她。

那天晚上升上去，探照灯雪白地打在那一片窗户上，我看见她。她站在窗前，很瘦而细小，探照灯下，一张雪白的脸。我几乎以为她看见了我，她那么久地站在那儿。

那是夜里，她家窗台上好多花，正开着。

她的桌子在窗下，所以我每天都跟她面对面坐着，她不知道。两座楼的栋距太近了。桌边是一张双人床，衣柜，书柜，屋子不大，显得挺挤。

我们七点半开工，她十一点才起床。不知道工地那么大的声音怎么会吵不醒她。她不上班，如果下午两点还没出门，估计这一天也就不出门了。

她留着长头发，每天她在穿衣柜前梳头发，我看见她的侧影，脑门挺大的。我觉得她梳个马尾巴挺好，把脑门显出来，活泼。

屋里是双人床。

那个男的总是很晚回来。她看起来年纪不大，那个人应该是她男朋友吧。

我喜欢看她，当然不是因为她美，我看不清楚。

我只能看见轮廓，却看不清五官，我猜她的五官应该挺小的，所以稍微离远点就看不见了。想想也挺可怕的，对着一张五官模糊的脸。但是对她，即使看不到她的眼睛、表情，即使只能看见她脸的形状，都能觉出她挺闷得慌的。

她的一天一般是这样的：中午十一点拉开窗帘，那时披散着头发，到肩，穿红底碎花的睡衣，然后就消失，应该是去洗漱。大概十分钟以后回来，梳头发，一边梳一边有一个从梳子上往下摘头发的动作。我知道她一定掉头发，杂志上说过，孤独的人都掉头发。

然后她对着窗化妆，肯定是化妆，电影里头，那些女的画眉毛的动作都那样——反着手，跟孙悟空手搭凉棚似的。

她大概化个二十分钟。

即使不出门，她也是要化妆的。化给自己看吧。

有时，我想冲她嚷，我看不见，你画得再重点儿。

然后，她又消失，出现时换了件可以出门的衣服。

那时，我要下到地上吃午饭。吃完饭，我装作若无其事迅速回到驾驶室，她也午饭完毕，坐在桌前打电话，有的时候索性又躺倒睡了。

有时候打完电话，她就会一件一件地换衣服，我帮她看着，我觉得她穿什么都不赖，但她总拿不定主意，我真有点替她着急。后来她就走了，那屋里什么都没了，就像没有我的驾驶室一样。

有一次我下班以后看见她了，面对面的。我知道是她。我知道她出门穿的什么衣服。她没让我失望，长得还挺好看的，也就二十二三岁吧。她正在笑，跟那个男的，看个头比例，应该是老晚回家的她的男朋友。她把左手插在他后屁股兜里，右手插在自己裤兜里，他们看上去特别配，特别好看。

可是，她白天那么无聊，那么一张白板似的脸，说不清道不明的无聊，那男的知道吗？她笑得有点过，讨好似的。她是太爱他了，还是不得不爱他呢？

也许是我也太无聊了，我常猜想：她这样一天天地过，没有什么目标或者目的吗？就为了等这男的下班吗？

让我奇怪的是，她看见迎面过来的我，迟疑了一下。

就这一下，很快的一下，别人肯定看不出来，但是我知道了：其实每天，她根本是知道我在对面看她的。她优雅的动作，有点儿做作的优雅的动作，就是知道对面有个观众在看着她。

第二天，她在窗前站的时间很长，我因为知道了她长的样子，仿佛就能看清楚她似的了。从那张白白的脸上，我收到一种特别揪心的信息。我觉得她特别可怜。

那个窗口，是她展示自己的舞台，只我一个观众。如果可以再近些，也许可以看到她的笑容，眼泪，甚至，可以听到她跟我说话。

这个城市里，据说有很多这样寂寞的女人。

寂寞又年轻的女人。

吊车终于要升上去了。我能更清楚地看到她屋里的各个角落，而她，如果想看到我，却只能仰起头。但是我知道，她漂亮的骄傲，使她不可能追随我的起降，她不会仰头看我。她不会愿意让我确认她是知道我存在的。

在广州的雨季里，突然那个下午，雨过天晴，阳光不强、却透亮地从我的身后照过来。我看见塔吊的影子，映在九层楼的墙壁上，驾驶室里一个模模糊糊的我，在墙上被放大了好多倍。

我曾经度过过很多这样的黄昏，每到这个时刻，我觉得很孤独。我的灵魂告诉我，我要一个有灵魂的女孩。

太阳向西移动，终于到了我曾经设想过好多次的那一刻——驾驶室的影子落在她的窗上。此刻，她正站在窗前，交叉着双手。

她并没抬头。但我知道，最近她经常站在那儿，她一切无聊寂寞的举止，是为了被看。

像个自闭的小孩，期待一个未知的游戏。

我慢慢张开双臂。

我看见自己像鸟一样的投影，把她，和她寂寞的窗，抱在怀里。

痣

七七白，肤色有如明月，有时忙了一天，看上去有点油，也是皓月的明朗光洁。

人人都说七七是个美女，唯一的缺憾是，脸上的痣多。

因为七七的白，脸上的黑痣即使不大，也清清楚楚。同事们聊天时，常劝七七去把痣点掉，七七一笑置之。后来同事们听说，脸上的痣不能随便去掉，因为不同的位置昭示不同的命运，一旦点掉某颗关键位置的痣，说不定后半生命运大变。同事们想，这样一辈子虽然不见得有什么好，但拖下去总比翻天覆地变改一番好，谁知命运的突变，是变好还是变坏？如果一旦变坏，就填不回去了，己所不欲，勿施于人。

七七倒喜欢自己的痣，在家对着镜子数过，七颗，排列整齐，间距适中，况且，痣不大，离远一点也看不清楚，照相也不会照出来，总是一张白嫩的脸。

七七二十七岁了，对谈恋爱的事不上心，家人着急，安排她相亲，她便从家里搬了出来。她听不得唠叨，所以同事们也知道，平时对七七说话，看她微微点着头笑，心里可能很烦躁，也就不去招她。七七不多说话，心里也像是没事装着，人们一提起她，总说："那个白女孩。"有时候，白还代表安静。

七七住的地方不大，在二环路边上一幢塔楼的顶层，冬冷夏热，但七七住得安心，还在窗台上支了一架天文望远镜，去过的同事都说："七七一个人过得还真好玩。"闲着没事，七七在家读书，听音乐，上网，和别的女孩无异，只是有时烦了累了，就用望远镜找找星星。七七对星事了如指掌，一笔就画出星座图解，同事们喜欢让她算命，七七的生活就是这么平淡。

写字楼里的女孩，慢慢地，一个一个嫁了，生了，闲着的也没完没了地谈恋爱，只有七七，独来独往。女同事的饭局喜欢叫上七七，七七也在家里招待过她们，只是，谁也不爱带男友见七七，因为每次回来，男友们无一例外都会问："那个七七，白白的，不爱说话，真是不错，多大了？"女同事们心里不高兴，当然不是七七的错，七七的眼神从不往那些男友身上看，但七七的样子还是太招人了。

因此，大家都希望七七可以赶快找个可靠的男友，皆大欢喜。

那天，七七与同事们去食堂吃饭，看见一个背影，好像很熟悉的样子，七七咬着嘴唇看了一会儿，那人始终没回过头来，七七就回办公室了。

下午，七七去洗手间，经过的一扇门里，跑出来的男孩跟她差点撞上。七七退一步，瞪着人看，然后脸就软下来了："永亮？"

永亮缓了半天神。楼道里黑，刚说怎么一出门就迎面像撞上个恍惚的月亮，回忆刚起动，话到嘴边，竟然真是七七。

"七七，你在这儿上班？"

"是。"七七左右顾盼了一下，没看到同事张望，才问："你新来这家的吧？"

"是啊，"永亮说，"我们从毕业就没见了，真没想到，现在成了邻居。"

七七不说话，微笑着，那份白，白得极淡定。永亮心里的喜欢一下子涌上来了，原来自己这么多年，谈了那几次失败的恋爱，是因为老有个七七心里记挂着啊。

永亮第一天上班，不便多说，急急地嘱咐七七："我下班过去找你，别走啊。"

七七点头，闪身过去了。

一下午，永亮都有点魂不守舍。想起大学时，师妹七七身后那一串狂蜂浪蝶，让自己不安得心慌，于是快毕业时，他便借口功课紧，两人少了来往。还记得七七约他出来，一双大眼睛里的泪，左闪右闪，还是没能忍回去。眼泪冲得脸极透明，七颗黑痣孤苦无依地闪着。

刚下班，同事们便见一个男孩闯过来，紧张不安地在门口坐着，正猜着是来接谁的，七七已经一闪而过。

过去的事，永亮不知如何开口道歉，为了自己年少时的不自信，竟然兜兜转转这么长的时间，今天再见七七，他发誓：绝不会再放手。

七七突然指着他的脸问：“怎么长了这么大一颗痣？”

永亮有点脸红地摸着，说：“不知道呢。毕业的时候，还浅浅一点，没在意，以为就只是个斑点，谁知越长越大，而且长得很快，也鼓起来了。”

那颗痣，饱满深沉，在永亮额头上一闪一闪的。

七七没有再问别的问题，两个人的好竟如同从来没有分开过。

晚上，在窗户边上，永亮搂着七七的肩膀。

永亮说：“月亮真圆。”

七七说：“是啊。”

永亮看看月亮，又看七七，心里很满足。

同事们眼看七七与隔壁那个男的天天一块来一块走，小两口似的，也忍不住问：“七七，是谁呀？”

七七笑而不答。

三个月后，两人分别见了家长，事情就这么定下来了。

永亮想：要结婚了，得把人收拾收拾，脸上这颗痣，这么大，真是有点难看。

他用手把痣遮住，再照镜子，觉得干净好多，就约了医生去点痣。

他没跟七七说，想给她个惊喜。

没想到那么便宜，五十块钱。医生摸着他的头左看右看，说：“小伙子，你这颗痣长得太大了，可能点起来会疼。而且，极有可能落下坑，我们可得先说好了。小一点的痣还好，你再考虑考虑。”

永亮说：“这有什么可考虑的，点吧。”

永亮也听说痣不能乱点，会改运，但想：反正这痣是后来的，现在点了，应该没关系。

医生就打了麻药，很快就点完了。

永亮从医院出来，上出租车后，麻药劲渐渐退了，觉得额头生疼，看着后望镜里的自己，脑门上一大块紫药水，觉得滑稽。

七七一见他，脸就白了：“你干吗？”

永亮说：“嗨，谁想到涂了这么大一块药水，吓着你了吧。”

七七的脸扭过去，不作声。

“怎么了七七？医生说了，过两天就好，应该看不大出来。”

七七闷声闷气地问：“我是说你干吗要点这颗痣？”

永亮纳闷：“不好看吗？我是想照结婚照的时候，这么大一颗痣照出来不好看。点过了，人也显得干净。”

七七那一天都提不起精神，永亮倒不以为忤，觉得七七小孩脾气，一定是因为要结婚了，非得管着自己，要自己事事与她商量。那以后就都与她商量好了。

谁知七七一病不起，连工作都只好辞了。开头永亮担心得不得了，也请假陪着，后来发现耽误不起，这份工快要丢了，又看七七虽不大好，但又实在无大碍，就放心去上班。

他没注意，七七早就收起来的望远镜又摆在了窗台，一到晚上，七七就趴在那儿看，有时一看一夜。

七七瘦了，脸像个小月牙，跟永亮说要出去走走，到外地逛逛。永亮公司里分不开身，七七说自己没事了就一个人去了。

七七玩疯了，一个多月也没回来。通电话时，永亮总是催她快点回来结婚，七七说:“不，在海边住着舒坦，到晚上满天星星，比在城市里见得多，又大又亮。”

两个月后，永亮觉得不对，七七已经小半个月没打电话来了。心里一疼，就跑到七七住的顶层。开门的人说七七一回来就搬走了。

永亮终于明白什么叫欲哭无泪，到底自己做错了什么呢?

一年多以后，听人说遇见七七和另一个男的逛街，那男的额头上长着一颗黑痣。永亮心里疼得不行。

又过了一年，永亮跳槽，收拾杂物时见一本七七送他的星宿书，翻到北斗七星那一页，看见七七的自画像，就画在七颗星上，那七颗星的位置，与七七脸上的痣一模一样。

后一页是北斗星，七七画了永亮的像，北斗星在永亮脸上端正地长着。

永亮一下子冲到洗手间去，镜子里的他，额头光洁明亮，什么也看不出来。

他这才知道，与七七，真的缘分尽了。

我们最初的生活很愉快，
我以为这样的生活可以一辈子了。

人在感情受挫后，是最需安慰的。

花开四朵，也就这样各自飘零了。不是谁都要与谁有扯不清的暧昧关系的。

我明白他，但不是谁都需要身边那个人明白他。

我喜欢看她，当然不是因为她美，我看不清楚。

我看见自己像鸟一样的投影，把她，
和她寂寞的窗，抱在怀里。

所有发生在我们生命中的故事，即使蹊跷到百转千折，也只不过是巧合。

我的灵魂告诉我，我要一个有灵魂的女孩。

这个城市很奇怪，想大就大，想小就小。

SD